AF196905

Dieses Buch widme ich meinen Ehemann Karl.

Karl, ich danke dir für all deine Liebe.

Ich weiß, dieses Buch war ein Herzenswunsch von dir,
den ich dir gerne erfüllt habe.

Unser kleiner Engel Penny hat nun Flügel.

Gaby Bergbauer

Pennys Vermächtnis

www.tredition.de

© 2015 Gaby Bergbauer
Umschlag, Illustration: Karl Bergbauer

Verlag: tredition GmbH, Hamburg

ISBN
Paperback   ISBN 978-3-7323-2456-9
Hardcover   ISBN 978-3-7323-2457-6
e-Book   ISBN 978-3-7323-2458-3

Printed in Germany

Das Werk, einschließlich seiner Teile, ist urheber-
rechtlich geschützt. Jede Verwertung ist ohne Zu-
stimmung des Verlages und des Autors unzuläs-
sig. Dies gilt insbesondere für die elektronische
oder sonstige Vervielfältigung, Übersetzung, Ver-
breitung und öffentliche Zugänglichmachung.

Inhalt

Vorwort

Dein Hund zeigt dir das Paradies,
ohne Neid, Geldgier, Missgunst
und Unzufriedenheit.
Mit deinem Hund gemütlich sitzend
am Meer, spürst du mit ihm den Frieden in dir.
Du schaust hinaus in die Weite des Meeres und dir
wird bewusst, du brauchst nichts anderes, als
deinen Freund neben dir.
(Gabriela Bergbauer)

Als mir dieser schöne Spruch einfiel, überlegte ich mir, warum wir uns nicht schon viel früher für einen Hund entschieden hatten. Ein Hund ist ein treuer Begleiter und der beste Freund des Menschen. Stirbt dieser Freund eines Tages, bedeutet es, dass auch ein Stück von einem selbst stirbt.

Mit Pennys Einzug bei uns, war nichts mehr, wie vorher. Die Uhren schienen anders zu gehen. Wir spürten eine Tiefe Verbindung zu ihr. Sie verstand es, wie kein anderer Hund den wir kannten, über die Augen und mental mit den Menschen zu kommunizieren.

Sie war für uns immer ein Engel ohne Flügel gewesen.
Penny erzählt ihr eigenes Leben noch einmal aus ihrem Tagebuch.

April 2015
Gaby Bergbauer

Meine Geschichte

Meine letzten Menschen nannten mich Penny, auch Engel ohne Flügel, Schnuckelchen, Süße, Baby und Liebling. Ich bin gerne alles für sie gewesen.

Am 04.12.2013 führte mich mein Weg über die Regenbogenbrücke. Mit Wehmut schaue ich auf mein Leben zurück und die, die ich zurücklassen musste. Es gibt viel über mein langes Leben zu berichten.

Na ja, mehr meine letzten Jahre. Die ersten Jahre waren für mich nicht so berauschend. Ich war eine Zuchthündin, die auf viel zu vielen Ausstellungen gehen und viele Pokale gewinnen musste. Ich habe sie auch alle bekommen. Ich konnte noch nie verstehen, was für die Menschen an diesen Plastikdingern so wertvoll war. Ich habe meinen Job gut gemacht und musste dafür immer nur schön sein.

Manchmal beneidete ich die anderen Hunde auf der Straße, wie sie spielen konnten. Das durfte ich alles nicht. Sonst hätte meine Haarpracht darunter gelitten. Also saß ich oft am Fenster und beobachtete das Leben da draußen, was mir verschlossen blieb. Und schon ging es zur nächsten Ausstellung. Wieder für Stunden nur still sitzen. Mir taten meine Pfötchen weh, weil ich stundenlang auf ein Gitter stehen oder sitzen musste. Meine Haare durften nicht schmutzig werden.

Ich wurde nach meinen Leistungen der Pokale gut bis weniger gut behandelt. Und immer das harte Training, wie ich richtig zu laufen hatte. Wann die Pose im Stehen gemacht werden sollte. Ich musste im Ring immer akkurat laufen, was ich auch tat, glücklich war ich dabei nicht.

Wenn ich mich beschreiben sollte, dann kann ich sagen, dass ich gutmütig, treu, clever, liebenswert, geduldig und gehorsam bis zu einem gewissen

Punkt war. Ich bekam in meinem Leben 7 Babys, die alle sehr gut geraten sind. Nur wurden sie mir viel zu früh weggenommen. Ich vermisste sie noch lange.

Nachdem meine Zeit der Zucht und Ausstellungen vorbei war, brauchte man mich nicht mehr. Ich verlor meine Identität und wurde abgeschoben. Das machte mich sehr traurig und ich hatte zum ersten Mal richtig Angst. Als ich 2009 in ein Tierheim gegeben wurde, brach für mich eine Welt zusammen. Von den lauten und großen Rolltoren bekam ich große Angst. Sie hatten etwas Bedrohliches für mich.

Zum Glück nur kurz, denn ich stamme ursprünglich aus gutem Hause. Auch wenn unsere Herkunft nicht vollständig geklärt werden kann, weiß ich, dass meine Vorfahren aus Ägypten vor über 2000 Jahren stammten. Da wurden wir verwöhnt und durften immer mit auf dem schönen weichen Diwan liegen. Wir bekamen das beste Futter, denn wir waren schon immer gute Gesellschafts- und Begleithunde.

Unsere Aufgabe war es, den Menschen zu gefallen und keine Apport-Spiele und diesen Unsinn zu veranstalten. Uns besaßen nur die aller feinsten Leute. Dass wir heute anders gehalten werden, ist zwar verwerflich, aber es steckt noch in uns drin, wie wir uns zu verhalten haben. Das hat sich von Generation zu Generation auch nicht geändert. Das konnte auch das Überzüchten nicht ändern. Wir sind keine Lebewesen, die sich ängstlich verstecken. Wir gingen bei guter Haltung, immer aufrecht und hoch erhobenen Hauptes durch das Leben.

Es zeigte schon die Tatsache, dass ein Malteser in den USA nie lange in einem Tierheim bleibt, sondern von der American Maltese Association sofort freigekauft und privat vermittelt wird. Das war auch mein Glück, als man mich in ein Tierheim abgab, nur weil ich älter geworden bin. Wie ich hörte machte man mich 4 Jahre jünger, damit ich überhaupt noch vermittelbar war. Aus 13 Jahren wurde kurzerhand 9 Jahre gemacht.

Ich schwor mir, dass ich mir ein gutes neues und endgültiges Zuhause suchen würde. Ich kam vom Tierheim über das Rescue-Center zu Christine nach Orlando. Im Millcove Dr. wie die Straße hieß, war ein kleines altes Haus.

Es hatte drei Schlafzimmer und ein Bad. Dieses Haus wurde 1968 gebaut. Ich wurde mit noch einer Malteserhündin in ein Zimmer gesperrt. Als uns Christine eines Tage erzählte, es würden Leute kommen, die einen von uns haben wollten, sah ich meine große Chance. Es gehörte zu meinem Plan, dass man mich nehmen würde.

Mich eine Diva, überhaupt in ein Tierheim zu geben, war schon sehr ungehörig. Und das alles nur, weil ich zu alt geworden bin. Was ich da alles ertragen musste. Ich dachte mir, das Leben musste eine bessere Lösung für mich haben.

Ich ließ mich schön kämmen wartete ungeduldig auf meine neuen Adoptiveltern. Ob ich sie Mam und Paps nennen durfte? Dass ich nicht mehr so viele Zähne hatte, konnte ich gut verstecken. Ich war kein Pferd, dem man zuerst ins Maul schaute. Auch das meine Zeit vorher nicht nur gut war, würde ich ihnen nicht zeigen.

Es kam der 17. April 2009, wir warteten ungeduldig, bis die Leute kamen. Christine musste arbeiten gehen, sodass wir doch bis zum Nachmittag warten mussten. Hoffentlich kamen sie auch und überlegten es sich nicht noch anders. In den USA ist es üblich zu sagen, man kommt und tut es dann doch nicht. Die Spannung war groß. Als es dann endlich klingelte, waren wir total aufgeregt. Christine ging mit ihrem Königspudel die Tür öffnen. Ich hörte stimmen und konnte meine Freude kaum zurückhalten.

Dann war es endlich soweit. Nach dem Kämmen wurden wir ins Wohnzimmer gelassen. Die andere Hündin drängelte sich vor, was für eine Frechheit. Ich war sowieso die Schönste, sie konnte mir nicht das Wasser reichen.

Dann sah ich die Beiden, die vielleicht meine Adoptiveltern werden könnten. Der Raum veränderte sich für mich, es war nicht mehr dieser Hundegeruch, es hatte etwas Bezauberndes. Etwas was ich vorher noch nie gespürt hatte. Ich sah mir die Leute blitzschnell an und es kam so etwas wie Behaglichkeit herüber.

Ich sah sofort, sie hatten eine gute Aura. Wir Hunde können uns mit den Menschen mental verständigen, ihr Menschen nennt es Tierkommunikation für uns ist es eine ganz normale Verständigungsform. Wir sehen sofort, wie gut ihr drauf seid, wie ihr euch fühlt. Ob ihr traurig oder lustig seid. Aber auch, wie ihr zu uns Hunden steht.

Ich rannte sofort zu der Frau auf dem Schoß, die auf dem Sofa saß. Sie gefiel mir und sie schien auch mich zu mögen. Wir stellten sofort eine Verbindung her. Den Mann beschnüffelte ich auch, aber mit der Frau musste ich mich gut stellen. Frauen haben mehr Entscheidungsgewalt, das ist auch bei uns Hunden so. Wir lassen den Rudelführer offiziell das Wort, aber entscheiden in der Gruppe tun wir.

Wie zu erwarten, war die Frau von mir entzückt. Die andere Hündin interessierte sie nicht so sehr, hatte ich den Eindruck. Sie sah immer nur mich an. Sie signalisierte mir, dass ich in die engere Auswahl gekommen bin. Ich strengte mich mächtig an und lies in der Wohnung meine Haare fliegen. Es ging hier um alles oder nichts. Immer wieder bin ich zu der Frau gegangen. Dann hörte ich sie sagen: «Die nehmen wir.» Sie sprach in einer anderen Sprache, aber die mentale Sprache versteht jedes Lebewesen auf der ganzen Welt.

Man muss nur offen dafür sein und seine Sinne wieder benutzen. Leider haben viele Menschen das verlernt. Wir Tiere kommunizieren nur damit. Ich konnte mein Glück kaum fassen. Ich sollte ein neues, vielleicht auch endgültiges Zuhause bekommen. Nicht mehr herum geschupst werden.

Und das auf meine alten Tage, ich war so unsagbar glücklich.

Ich schmiegte mich an die Frau. Auch der Mann streichelte mich. Es wurden erst noch einige Dinge besprochen. Ich hörte Christine sagen: «Wenn Sie möchten, können Sie auch die andere Hündin haben.» Nein, dachte ich, bitte nicht. Dann sagte die Frau aber: «Es ist unser erster Hund und da wollen wir es gerne mit einem Hund versuchen.» Was war ich froh, das zu hören. So, ich bin ihr erster Hund, da werde ich ihnen aber noch einiges beibringen müssen. Ich mochte die Beiden jetzt noch mehr. Sie haben sich nur für mich entschieden.

Ein neues Leben für mich

Nachdem alle Formalitäten erledigt waren, trug der Mann mich ins Auto. Oh er roch so gut, ich glaubte, dass ich es sehr gut getroffen hatte. Nur gut, dass sie sich nur für mich entschieden hatten. Für mich wurden die Beiden zu Paps und Mam, die beiden waren doch meine Adoptiveltern. Sie signalisierten mir, dass sie damit einverstanden waren.

Paps ließ Mam zuerst im Auto hinsetzen und dann setzte er mich Mam auf dem Schoß. Paps fuhr das Auto. Gott sei Dank musste ich nicht wieder in so einer dunklen Box. Bevor wir los fuhren betrachteten die Beiden mich, ich konnte ihre Begeisterung in den Augen sehen und ich tat alles dafür, dass das auch so blieb. Auf der Fahrt schaute ich mir alles genau an. Ich beobachtete auch meine neuen Menschen sehr genau. Alles an ihnen interessierte mich.

Das war ein schickes Auto, hellblau und sehr bequem. Paps sagte, dass es ein Ford Crown Victoria war. Und das es Mams Auto war. Ganz stolz sagte er die Werte des Autos: V8, 4.6 Liter und 280 PS Baujahr 2006. Es wäre eines der letzten polizeiautoähnlichen Wagen gewesen, die privat verkauft wurden. Alle nachfolgenden Modelle gleichen Typs dieser Klasse wurden von der PS Zahl gedrosselt. Ist auch klar, die Polizei will das schnellste Auto haben.

Das war schon super, dass ich mit so einem tollen Auto abgeholt wurde. Mam sagte, sie hat beim Shoppen den Kofferraum noch nie ausfüllen können, so groß war er. Paps konnte sich bequem dort rein legen und ich versichere euch, er ist kein Liliputaner.

Es war vorne sehr viel Platz. Natürlich fühlte ich mich auf dem Schoß von Mam sehr wohl. Die Sitze vorne waren fast eine Bank. Ich dachte mir an diesem Tag, Reisen mit diesem Auto muss toll sein, wenn ich in der Mitte zwischen Mam und Paps liegen durfte.

Erst einmal ging es auf die Autobahn Richtung Tampa und von dort waren es nur noch 45 Minuten nach Riverview. Wir machten einen Zwischenstopp auf einer Raststätte, weil meine neuen Menschen glaubten, ich müsste mal raus. Sie zogen mir mein neues schickes rosafarbenes Halsband an. Die Leine war in der gleichen Farbe. Woher wussten sie, dass das meine Lieblingsfarbe war? Die Raststätte war sehr groß und so liefen wir auf dem Rasen. Dann stiegen wir wieder ins Auto ein und fuhren weiter.

Als wir endlich nach Riverview kamen, fuhren wir durch verwinkelte Straßen, bis wir zu einem Haus mit einem großen Grundstück kamen. Da fuhr mein Paps hinein. Er schloss das große Tor hinter sich. Es war ein sehr großer Garten, ich war gespannt, was mich dort alles erwartete. Paps hielt vor dem Haus an. Wir kamen ins Haus, Mam machte mein Halsband ab und ich konnte mir alles ganz genau ansehen. Wenn man ins Haus kam, war ein kleiner Flur mit nur einer Tür rechts. Das war das Schlafzimmer, wie ich später feststellte. Dann kamen wir in das große Wohnzimmer, wo auch gleich eine offene Küche mit einem Tresen davor war. So konnte Mam uns später zusehen, wenn sie kochte. Und vom Wohnzimmer aus in einer kleineren Ecke gingen drei weitere Räume ab. Die Türen waren alle in Pastellfarben gestrichen. Jede Tür hatte eine andere Farbe. Es war je eine Tür in grün, blau und rosa. Die Wände waren im Wohnzimmer gelb gestrichen. Das hatte sich Mam so ausgedacht. So etwas hatte ich noch nie gesehen. Das sah sehr lustig aus. Diese Farben machten den Flur, der eigentlich kein richtiger Flur war, schön hell.

Hinter den Türen befanden sich das Büro, Gästebad und das Gästezimmer. In den USA war es üblich, dass man ein Gästebad und Gästezimmer hatte. In der Küche befand sich eine weitere Tür, sie ging in die eigentliche Garage, die Garage gab es aber nicht, daraus wurde ein sogenannter Pantry

Room gemacht. Das war ein Raum, wo die Waschmaschine, Trockner und die Vorräte standen. Von dort ging auch eine Tür zum Garten. Sie ließen mich auch überall schnuffeln, wo ich wollte. Im Wohnzimmer war auch eine Terrassentür, die in den Garten führte.

Vor dem Kamin lag ein Körbchen, ob das für mich ist, überlegte ich mir? Einen anderen Hund sah ich nicht und sie sagten bei Christine, dass ich ihr erster Hund sei. Also legte ich mich in das Körbchen, es fühlte sich schön weich an. Für mich waren es viele neue Eindrücke. Und dann kam Paps zu mir und er streichelte mich. Er redete auf mich ein, ließ mich dann aber auch in Ruhe, dass ich den ganzen Tag noch einmal Revue passieren lassen konnte. Ja hier gefiel es mir.

Ich war gespannt, wo ich schlafen sollte. Hier im Körbchen? Wir gingen ins Schlafzimmer, wo ein großes hohes Bett stand. Sie stellten auch mein Körbchen mit hinein, ich war aber total unglücklich. Ich konnte meine

Menschen nicht sehen. Ich ging an das Bett, auch wenn ich mich aufstellte, konnte ich sie nicht sehen. Das Bett war viel zu hoch. Ich machte mich ganz zaghaft bemerkbar. Ich wollte doch niemanden stören.

Paps hat die Situation schnell erkannt und wusste gleich, was zu tun war. Er zog die beiden Schubladen von seinem Nachtschrank halb heraus, holte zwei lange Bretter und legte sie über die Schubladen. Die Bretter wurde noch mit Decken abgepolstert und ich durfte dort schlafen. Wenn ich mich nun aufstellte, konnte ich Mam und Paps sehen. Ich schlief nach den ganzen neuen Eindrücken sofort ein und träumte von meinem neuen schönen Zuhause. Vor allem spürte ich, dass ich geliebt wurde.

Am nächsten Morgen ging es erst einmal in den Garten. Ich schaute mir alles genau an. Der Garten war wirklich riesen groß. Ich machte mich bei der Nachbarschaft bemerkbar. Sie sollten schon wissen, dass ich hier jetzt das Sagen hatte. Dann rannte ich hinter das Haus. Noch ein Stück weiter war ein kleiner Miniwald mit einer Lichtung. Ich wusste nicht, wofür er da war. Dort konnte man sich bestimmt gut verstecken. Ich war aber vorsichtig, denn ich wusste, dass es auch Schlangen gab.

Danach ging es wieder rein zum Frühstück. Ja das mit dem Futter war so eine Sache. Sie gaben mir das Trockenfutter, was mir schon bei Christine nicht schmeckte. Ich rührte es nicht an. Ich war es gewohnt, vom Tisch etwas zu bekommen, meistens die Reste. Aber das gab es hier nicht, ich musste es ihnen irgendwie begreiflich machen.

Nicht jeder Hund mag Hundefutter. Also sah ich zu, dass Paps auf mich aufmerksam wurde und mich auf dem Arm nahm. Ich sah sein leckeres Toast mit Marmelade und schaute ihn tief in die Augen. Dann leckte ich mir mir das Mäulchen. Das verstand er und ich bekam etwas davon. Das war lecker. Ich musste meine Menschen nur darauf dirigieren, was ich wollte.

Ich merkte schon, damit werde ich nicht so große Probleme bekommen.

Paps baute mir noch am gleichen Tag eine Hundetreppe ans Bett. Es waren für mich nur zwei Stufen, die ich überwinden musste. Das schaffte ich locker. Oben hatte ich schön viel Platz. Sogar mehr als in meinem Körbchen, das wurde wieder ins Wohnzimmer gestellt. Mein Bett wurde kuschelig weich abgepolstert. Nur hatte Paps keinen Nachttisch mehr. War auch nicht schlimm, er hatte jetzt mich.

In der nächsten Zeit brachte Mam immer mehr Zeug von Hundefutter mit. Als ich auch das alles ablehnte, fing sie an für mich zu kochen. Na also, es ging doch. Ich sagte eingangs doch, dass ich ihnen noch viel beibringen musste. Ich war genau auf dem richtigen Weg.

Mam legte eines Tages ein Blatt Küchenpapier zu mir auf den Boden und verteilte schon wieder Trockenfutter. Sie machte vier Häufchen mit verschiedenem Trockenfutter. Und schon wieder Trockenfutter, ich mag das Zeug doch nicht, also habe ich wieder nichts angerührt. Nach zwei Wochen wurde es endlich weggeräumt. Das berühmte Dosenfutter für Hunde konnte mich auch nicht hinter dem Ofen hervor locken. Mam kochte weiterhin für mich.

Wenn es Turkey *Truthahn* gab, dann war ich voll dabei. Ich kann mich daran erinnern, wie Stolz ich war, als ich meinen ersten Turkeyknochen bekam. Zu gerne nagte ich den großen Knochen ab. Ich hatte nicht mehr viele Zähne, darum konnte der Knochen bei mir auch nicht splittern. Diese Befürchtung hatte Mam, weil der Turkeyknochen im Backofen gegart wurde. Ich konnte mich sehr lange damit beschäftigen. Am liebsten nagte ich den Knochen im Liegen ab, das fand ich sehr gemütlich. Mam legte immer ein Handtuch in mein Körbchen, wenn es einen leckeren Knochen gab. Ich hatte ein Leben wie im Schlaraffenland.

Eines Tages ging es zum Einkaufen. Mam ging in den Laden und Paps blieb bei mir. Er hatte mich auf dem Arm. Viele Leute gingen ein und aus. Einige blieben stehen und sagten, wie schön ich sei. Ja was dachten sie denn? Klar war ich hübsch. Paps sagte mir das öfters. Ich hörte nicht genau zu, was Paps sich mit den Leuten unterhielt. Aber als er sagte: «Nein sie ist nicht zu verkaufen.» Da horchte ich doch auf und kuschelte mich in seinem Arm. Ich war so dankbar, denn ich hatte Angst, dass ich wieder weg musste. Paps hatte mich beruhigt, er sagte, dass sich für immer bei ihm und Mam bleiben werde. Nichts in der Welt würde mich von ihnen trennen. Oh was freute ich mich darüber.

Als Mam vom Einkaufen kam, verstauten sie die Einkaufsachen im Auto und wir fuhren zum Drive In zum Laden mit dem großen gelben M. Sie holten sich ein Softeis. Was sie nicht wussten, dass ich es so liebte. Ich musste es ihnen nur zeigen. Mam hatte einen kleinen Plastiklöffel und sie gab mir etwas ab. Ich schlabberte das

ganz schnell auf und schaute sie er-
wartungsvoll an. Ich bekam noch ein
bisschen und ich hörte Mam sagen:
«Ich glaube, Penny wurde nur mit
Fast Food ernährt.» Ja so war es auch
und das liebte ich. Dann fuhren wir
nach Hause.

Einmal hatte Mam Weißkohl gekocht. Sie kannte sich noch nicht so
gut mit Hunden aus. Mir gab sie etwas
von der Brühe. Die war auch lecker,
nur bekam ich davon Bauchweh. Oh
es grummelte in meinem Bauch.

Da musste ich sie nachts wecken.
Das war das erste Mal, dass ich in ihr
Bett ging. Mam und Paps wurden auch
gleich wach und ich lief hin und her,
weil ich Schmerzen hatte. Mam nahm
mich auf dem Arm und tröstete mich.
Sie setzte sich mit mir an den PC und
suchte, was ich haben könnte. Sie
kam darauf, dass es Blähungen sein
konnte.

Paps musste arbeiten gehen und
Mams Hobby war der PC. Sie hatte
einen ovalen Schreibtisch und sie legte eine Decke auf den Schreibtisch.

Da durfte ich dann rauf und sie legte eine Wärmflasche an meinem Buch. Was ich aber noch lieber hatte, wenn sie mich am Bauch streichelte. Das tat mir so gut und sie nahm sich auch den ganzen Tag Zeit für mich. Gegen Abend ging es mir wieder besser und ich hatte Hunger. Ich bekam Hähnchenbrust mit Reis gekocht. Das ließ ich mir schmecken. Auf dem Schreibtisch von Mam gefiel es mir gut. Seit diesem Tag beschloss ich, mit im großen Bett zu schlafen. In der Mitte wurde für mich ein kuschelweiches Handtuch gelegt. Ich fühlte mich sehr wohl.

Mam bot mir eines Tages ein Stück Wiener Wurst an, ich kannte diese Wurst nicht. Sie roch aber lecker, ich war mir sehr unsicher, ob das etwas Gutes für mich war. Mam gab sich mit mir sehr viel Mühe. Sie saß bei mir auf den Boden und bot mir die Wurst immer wieder an und redete auf mich ein, dass ich es doch erst einmal versuchen sollte. Wenn es mir nicht schmeckte, brauchte ich es auch nicht fressen. Ich überwand nach einer Zeit meine Angst und nahm doch ein Stück. Das schmeckte richtig lecker. Ach bitte, darf ich das jeden Tag bekommen? In der kurzen Zeit hatte ich schon viel kennengelernt, was ich vorher nicht kannte.

Wenn wir in den Garten gingen, dann immer ohne Leine. Ich durfte mich frei bewegen. Das Grundstück war eingezäunt. Ich hatte viel Spaß und habe erst einmal alles erkundet. Ich bin hierhin und dorthin gerannt, es machte mir sehr viel Freude. Nur wenn sich Mam mir näherte, legte ich mich sofort auf dem Bauch und zog auch den Kopf ein, so wie ich es gewohnt war und ich hatte Angst, was mich jetzt erwartete. Aber zu meinem großen Erstaunen wurde ich von Mam nur gestreichelt. So etwas kannte ich nicht.

Sie redete beruhigend auf mich ein. Dass ich keine Angst haben muss und dass ich mich nicht immer sofort auf den Bauch legen muss, wenn sie auf mich zu kommt. Klar konnte ich das nicht sofort ablegen. Ich schaute meine Mam glücklich an, war aber auf der Hut, ob das auch so blieb. Ja es blieb so, meine Mam hatte mich nie geschlagen, immer nur gestreichelt. Das Leben fing für mich ganz neu an. Ich genoss es in vollen Zügen, und ich zeigte ihnen auch sehr oft meine Dankbarkeit.

Ich musste mir bei den anderen Hunden in der Gegend schon Gehör verschaffen. Wer mich nicht sah, weil ich klein war, der hörte mich auf jeden Fall. Der rechte Nachbar hatte zwei Hunde. Paps sagte mir, dass sie Malteser-Pudel-Mix waren. Sie waren etwas größer als ich und ich konnte sie nicht ausstehen. Ich rannte sofort zu ihnen an den Zaun und wollte sie verjagen. Sie aber sagten nichts und schauten mich nur an. Das machte mich noch wütender.

Sogleich kam Paps zu mir und erklärte mir, dass ich keine Angst haben sollte. Sie konnten nicht zu mir, weil sie ein Stromhalsband anhatten. Immer wenn sie zu nah an den Zaun kamen, dann bekamen sie einen

Stromschlag. Paps sagte es sehr traurig, weil das kein schönes Hundeleben sei. Da war ich froh, dass ich so etwas nicht tragen musste. Auf was für Ideen die Menschen bei uns Tieren kommen. Ob die Menschen es gut finden, wenn man das mit ihnen tun würde? Von da an bin ich zwar auch immer zu ihnen bellend gegangen, aber ich wollte sie nur begrüßen.

Zu Nachbarn hörte ich Mam sagen, dass ich nie etwas kaputt mache. Das Stimmt ja auch, warum sollte ich das tun? Daraufhin erzählte die Nachbarin, was Mam und Paps doch für ein Glück mit mir hatten. Ihre Hunde würden alles kaputtmachen, was ihnen in den Weg kam. Darum mussten sie im Garten bleiben. Das war in Florida auch kein schönes Leben. Im Sommer war es viel zu heiß, um den ganzen Tag im Garten zu bleiben.

In dieser Gegend gab es viele Hunde, die frei herumliefen. Gegen Abend schien sich eine Hunde-Gang zu treffen. Da liefen sehr viele Hunde die Straße entlang. Paps und Mam ließen mich nie mitlaufen. War vielleicht auch ganz gut so, denn es waren viele große Hunde dabei, die nicht sehr freundlich schauten. Ich hatte zwar vor niemanden Angst, aber ungefährlich wäre es bestimmt nicht. Ich brachte gerade mal 3 kg auf die Waage.

Einmal sah ich mit Mam aus dem Terrassenfenster und wir sahen zwei größere Hunde in Nachbars Garten laufen. Dieser Nachbar hatte kein Tor und auch nur einen kleinen Lattenzaun. Viele Tiere konnten unten durchlaufen, oder über den niedrigen Zaun springen. Die Hunde brauchten es nicht, weil das Grundstück eben kein Tor hatte. Diese beiden Hunde sind hinter den Trailer gelaufen und haben ein paar Hühner totgebissen. Sie haben sie nicht gefressen, nur totgebissen. Meine Mam war sehr froh, dass wir im Haus waren. Sie hätten zu uns nicht kommen können, weil wir einen hohen Maschendrahtzaun hatten, aber wer weiß, große Hunde könnten bestimmt auch über unseren Zaun springen.

Der Nachbar auf der linken Seite kam meiner Mam nicht geheuer vor. Einmal sahen wir, dass die Leute Besuch hatten und es wurde dann sehr laut. Der Besucher ist wütend in sein Auto gestiegen und ist quer durch den Lattenzaun gefahren. Somit war er in viele Stücke zersprungen. Den Zaun hatten sie nicht mehr reparieren lassen. Mam sagte immer, unser Haus und Grundstück wäre ein Traum, aber die Gegend gefiel ihr überhaupt nicht. Es gab nicht viele Steinhäuser wie unseres in der Straße. Viele hatten einen Trailer, das ist ein Mobil-Home.

Diese Häuser sind mit dem Boden nur verankert. Sie haben nicht so ein Fundament, wie ein Steinhaus. Obwohl mein Paps immer lacht, wenn die Leute sagen, es sind Steinhäuser. Aus Stein war nur das Erdgeschoss, höher hinaus war alles mit Holz. Diese Trailer werden in einem Hurrikanfall zuerst evakuiert. Die Menschen müssen dann ihre Häuser verlassen. Wir hatten jeden Sommer Hurrikans, nur kommt nicht jeder Hurrikan auf Land.

Hinter unserem Haus gab es einen großen Nussbaum und dort wohnten viele Eichhörnchen. Ich verjagte sie immer, aber sie waren zu schnell für mich. Obwohl ich auch schon sehr flink war. Mit der Zeit hatten wir uns gegenseitig akzeptiert.

Wenn Mam im Büro war und das war sie meistens, dann durfte ich auf ihren Schreibtisch liegen, auch wenn ich nicht krank war. Auf der rechten Seite war das Fenster mit Blick auf den Nussbaum, ich konnte alles gut beobachten. Oft schlug ich auch an und Mam schaute sofort, was da los war. Paps hatte ein Vogelhäuschen in den Baum gehängt, aber die frechen kleinen Eichhörnchen haben es mit Verrenkungen geschafft, dass sie da ran kamen.

So baute Paps ein 2. Vogelhäuschen, dass etwas größer war. Da hatte er auf der einen Seite Futter für die Eichhörnchen, reingetan und auf der anderen Seite für die Vögel. Die Eichhörnchen kletterten von dem Dach des Vogelhäuschen an der Kette hoch, wenn sie in den Baum hoch wollten.

Einmal habe ich wie Wild angeschlagen. Der Nussbaum hatte zwei gleichgroße Stämme, die mit einer Gabelung geteilt waren und darin hatte sich eine Katze getraut und wollte die Eichhörnchen fangen. Mam hat das alles mit ihrer Kamera aufgenommen.

Das eine freche Eichhörnchen sprang auf dem Dach des Vogelhäuschens auf und nieder und hat die Katze immer wieder gelockt, als ob es sagen wollte: «Fang mich doch, du kriegst mich nicht.» Es tanzte wie verrückt herum. Das sahen auch die anderen Eichhörnchen und sie kamen in sicherer Entfernung dazu. Die Katze versuchte immer auf das Vogelhäuschen zu kommen, wie es aussah, traute sie sich aber nicht. Und wenn sie dann sehr nahe an das Eichhörnchen herankam, rannte es an der Kette hoch in den Baum.

Mam und ich hatten unseren Spaß beim Zuschauen. Ich gebe zu, dass ich in dem Moment lieber draußen gewesen wäre. Ein anderes Mal sahen wir ein betendes Eichhörnchen, jedenfalls konnte man das so interpretieren. Es saß auf dem Dach des Vogelhäuschens und hatte die Pfoten gefaltet, die Augen waren geschlossen. Was es wohl verbrochen hatte, weil es um gut Wetter betteln musste?

Die Eichhörnchen hatten ein tolles Leben im Baum. Unten stand auch ein Vogelbad, das wurde immer mit Wasser gefüllt. Manchmal lag ein Eichhörnchen auf dem Rand vom Vogelbad und streckte sich ganz aus. Eine Pfote war im Wasser. Kein Wellness konnte schöner sein.

Paps bemühte sich, etwas für die Vögel zu tun, aber außer dem Vogelbad blieb ihnen nicht viel. Waren sie einmal in dem großen Vogelhäuschen, kamen schon die Eichhörnchen und verjagten sie. Paps freute sich, wenn er dem Treiben der Tiere in Freiheit zuschauen konnte. Mam und Paps waren sehr tierlieb.

Ich streikte wieder einmal mit dem Hundefutter. Da kam Mam auf die Idee, mir ein paar Tropfen Bratensoße ins Futter zu geben. Wieder ein Schritt vorwärtsgekommen. So konnte ich mein Futter fressen. Also bekam ich ab diesem Zeitpunkt immer etwas von dem Menschenessen. Ich glaube, nun haben sie es begriffen. So ganz langsam fing ich an, mich an Leckerlis heranzutrauen. Ich sah aber nicht ein, dafür irgendetwas zu tun, das war unter meiner Würde. Das brauchte ich auch nicht, ich bekam sie auch so. Ich liebte meine Menschen umso mehr, dass ich keine Kunststückchen machen musste. Ansonsten hätten sie auch ihre Leckerlis behalten können.

Mit meinem Paps hatte ich eine sehr intensive Beziehung aufgebaut. Er war lustig, immer zu Späßen aufgelegt. Ich hatte auch zu Mam eine tolle Beziehung. Die Beiden teilte ich mir auf, wie es mir gefiel. Zum Trösten ging ich immer zu Mam. Wenn es mir nicht gut ging, oder ich Angst hatte. Zum Herumalbern war mein Paps zuständig. Wir konnten so toll näseln.

Er kam mit seiner Nase an meine Nase. Das hatte immer so schön gekitzelt.

Ich verstand es auch immer, die Beiden mit meinem koboldhaften Verhalten zu erfreuen und zum Lachen zu bringen. Mein neues Rudel war damit komplett. So erlaubte ich ihnen, nach und nach meine Pfötchen anzufassen. Man hatte mir vor ihrer Zeit einmal sehr weh getan. Mam und Paps nahmen mich nie mit Gewalt. Sie hatten sehr viel Geduld mit mir. So merkte ich, dass von ihnen keine Gefahr aus ging und ich hatte volles Vertrauen zu ihnen.

Mam sagte immer, dass keine Chemie an meine Haare und Haut kommt. Sie hatte immer so schlaue Ratschläge mit Borsäure, Blondiermittel usw. bekommen. Ich lernte Hunde kennen, die daran erblindet waren, aber sie hatten schöne weiße Haare. Auch von einem Malti hörte ich, der einen Gehirntumor bekam und man vermutete, dass es auch von dieser Chemie kam. Ich wurde mit einem

Augenwasser behandelt, wo diese Chemie nicht drin war. Ich hatte eine Allergie an den Pfötchen. Meine neuen Menschen machte es nichts aus, dass sie etwas braun waren. Sie wollten nur, dass ich glücklich bin, und das war ich wirklich. Ich wollte, dass dieser schöne Traum nie zu Ende ging.

Eines Tages waren wir auf unserem Gassirundgang, als ein Auto anhielt, eine Frau stieg aus. Sie fragte Mam, ob sie mich einmal anfassen durfte. Ich habe sie ganz genau beobachtet. Dann sagte die Frau, dass ich ein ganz besonders hübscher Malti war. Klar das stimmt, was hatte sie denn gedacht? Weiter sagte sie, dass ich einmal ein Showhund war, der viele Pokale gewonnen hatte. Daran wollte ich nicht erinnert werden. Das würde sie an meinem Gang sehen.

Oh ja, ich hatte ein hartes Training. Viele Leute sagten, wenn ich schnell lief, würde es aussehen, als ob ich schwebte. Das muss wohl stimmen. Nach diesem harten Training konnte ich nicht mehr anders laufen.

Gerne hätten Mam und Paps mehr über mich erfahren, aber als ich aus der Zucht raus war, wurde meine komplette Identität vernichtet. Als ob es mich nicht mehr gäbe. Mam und Paps versuchten es noch mit einer DNA Untersuchung, aber dort wurde auch schon alles gelöscht. Auch meine Ahnentafel gab es nicht mehr. Meinen Menschen war das egal und mir erst recht. Ich konnte ihnen nicht erklären dass ich im Zeichen des Steinbocks geboren wurde. So war mein Geburtstag an dem Tag, wo ich zu ihnen kam und das war der 17. April 2009

Meine Mam musste sich schon so einiges anhören, weil sie mich genommen hatte, einen älteren Hund ohne Papiere nimmt man doch nicht, wer weiß, ob er überhaupt sozialisiert ist. Es kann ja sein, dass er dann nach kurzer Zeit stirbt und dann? Tja, die kannten mich nicht, vielleicht hätten sie dann anders geredet.

Ich kannte auch kein Spielen mit Spielzeug. Mam hatte mir so einiges gekauft. Aber das interessierte mich nicht. Sie warf mir eines Tages einen kleinen Ball zu. Ich wusste nicht, was ich damit machen sollte. Nach einer Weile haben sie es aufgegeben. Ich spielte gerne mit ihnen, aber nicht mit Stofftieren. Ich liebte es total, mit Paps und Mam auf dem Sofa zu liegen und mich kraulen zu lassen. Ich suchte mir das Eck vom Sofa aus. So hatte ich Paps rechts und Mam links. Meine Welt war somit in Ordnung. Ich fühlte mich sehr wohl.

Nun hatte ich meine lieben Menschen und ich passte sehr auf sie auf. So erinnerte ich sie immer daran, dass um 19 Uhr Feierabend war und ich sie auf dem Sofa erwartete. Sie kamen auch lachend auf mich zu und wir knuddelten, was das Zeug hielt. Genauso wenn sie an den Wochenenden bis in die Puppen am PC waren. Um 1:00 Uhr nachts wurde ich dann schon etwas ungehalten. Das merkten sie schnell und wir gingen dann gemeinsam ins Bett. Hunde lieben ihre Rituale. Ich muss zugeben, ein Nacht-Hund war ich nicht. Ich stand lieber morgens früher auf. Auf der anderen

Seite habe ich sie auch mal länger schlafen lassen, aber dann musste ich wirklich raus.

Ich musste mich auf sie einstellen und sie sich auf mich. Das wäre ihnen bei einem Welpen bestimmt leichter gefallen, wir meisterten das jedoch sehr gut.

Ich on Tour

Bei mir brach Panik aus, als es hieß, wir fahren für ein Wochenende weg. Ich hasste Kofferpacken in jeglicher Form, das machte mir große Angst. Zu viele negative Erinnerungen verband ich damit. Ich hatte sehr große Angst, dass ich wieder zurück gelassen werde oder zu einer neuen Hunde-Show musste. Also wollte ich nichts anderes, als auf Mams Arm. Da fühlte ich mich sicher und ich hörte auch bald auf zu zittern. Paps packte die Reisetasche fertig.

Das Autofahren liebte ich und ich mochte das Auto von Mam. Die Vordersitze waren so eng, dass sie sich fast berührten. Sobald die Autotür aufging, sprang ich hinein und zeigte ihnen mit meinem Blick, dass wir losfahren könnten. Die siebenstündige Autofahrt nach Atlanta Georgia gefiel mir. Ich durfte zwischen Paps und Mam vorne liegen. Vorne wo der Aschenbecher war wurde es für mich abgepolstert. So konnte mir nichts passieren. In den USA war das erlaubt, dass ich vorne lag. Wenn ich die Beiden nur sah, war meine Welt in Ordnung. Ich verschlief die meiste Zeit.

Mam wusste schon, was sich gehörte und kaufte mir einen pinkfarbenen Beautycase, wo meine Pflegeprodukte drin waren. Ich brauche euch jetzt nicht zu sagen, was mein Paps dazu sagte, oder? Männer haben keine Ahnung, dass sich auch Hundedamen pflegen müssen. Man weiß doch nie, wann man auf einen schmucken Rüden trifft.

Als wir in unser Hotelzimmer ankamen holte Paps unser Gepäck aus dem Auto und dann baute er auch dort für mich eine Hundetreppe. Mit den verschieden großen Kühlboxen klappte es sehr gut. Mein Paps war da sehr erfinderisch. Und sie nahmen wirklich sehr viel Rücksicht auf mich, das war ich nicht gewohnt, ich genoss es. In den Restaurants dürfen keine Hunde mit rein. Also orderte Paps das

Essen, holte es ins Hotel und so bekam ich auch etwas von meinen heiß geliebten Pommes ab.

Ich hatte mit meinen Menschen sehr viel Spaß bei unseren Unternehmungen. Mam schwärmte für die Häuser etwas außerhalb von Atlanta. Sie fand sie einfach traumhaft. In einigen konnten wir rein gehen, es war Tag der offenen Tür. Paps sagte, dass dort nicht so viel Natur weggenommen wird, wie er es aus Deutschland kannte, wenn neue Häuser gebaut wurden. Er kannte es noch aus New Hampshire, wo die Häuser einfach in den Wald hinein gebaut wurden. Es wurden nicht viele Bäume gefällt. Gerade mal für das Haus und einen Weg zum Haus. Alles andere wurde so gelassen. Das machte die Gegend so verträumt. Im Winter noch mehr. Trotz allem bin ich sehr froh, dass wir in Florida wohnen. Ich liebe mein Sonnenbad über alles.

Mam erklärte, das Atlanta teilweise rote Erde hat und ja das sah man an meinen Pfötchen. Es sah bei meinen weißen Haaren lustig aus. Eisen Oxide hervorgerufen durch das sehr warme Wetter und die vielen Regenfälle verursachen die rote Farbe der Erde. Eisenhaltiges Gestein gibt so das Eisen Oxid ab.

Dann kamen wir zu Traudel eine Freundin von Mam und Paps. Traudel war auch eine Deutsche Frau wie Mam. Ira mit ihren Söhnen kamen auch vorbei. Auch Geli kam aus Tennessee. Mam und Paps kannten sie auch schon lange und so war die Freude groß. Sie kannten sich alle aus einem Forum. Wie sollte es auch anders sein, ICH war der Mittelpunkt. Anfangs bin ich immer sehr zurückhaltend und abwartend.

Mam schwärmte natürlich für den Farmers Market. Da ging sie immer mit Traudel hin, wenn sie in Atlanta war. Das war eine sehr große Markthalle mit vielen verschiedenen Ständen und Händler. Dort gab es viele kanadische Lebensmittel und sie waren so viel billiger als in Florida. Sie kaufte das Brot im Vorrat, was dem deutschen Brot sehr nahe kam. Da ich nun dabei war, ist Paps mit mir draußen geblieben. Wir gingen spazieren. Als sie aus dem Laden kamen, hatte Paps schon bedenken, alles ins Auto zu bekommen. Das Auto von Mam hatte einen sehr großen Kofferraum, sie hatte keine Bedenken. Das haben meistens nur die Männer, sagte Mam.

Wir machten einige Ausflüge. Im nördlichen Peachtree City, liegt der Lake Kedron. Das ist ein 235-Hektar großer Stausee, der etwa 1,0 Milliarden Liter Wasser speichert. Alle Fayette County Bewohner sind herzlich eingeladen, im Lake Kedron zu fischen las Paps von einer Tafel vor. Ich schaute sehr interessiert ein paar Gänsen zu, ohne zu bellen. Ich kam schon ins Grübeln, die eine schien keinen Kopf zu haben. Sie stand dort herum und auf einmal kam doch ihr Kopf hervor und schaute uns an. Sie hatte ihn nur in ihrem Federkleid versteckt.

Als wir zum Hotel zurück kamen, musste ich mit Paps erst einmal eine Runde spielen. Wir machten immer quatsch zusammen. Mam musste oft lachen und sie meinte, wir würden uns unterhalten. Das war auch eine Unterhaltung mit Paps, nur nicht in der Sprachenebene. Wir konnten uns sehr gut mental unterhalten. Nase an Nase und dann ging es rund. Ich liebte das sehr, mit den Beiden zusammen zu sein. Am liebsten, wenn Mam und Paps da waren.

Auf der Rückfahrt von Atlanta hatte ich fast die ganze Zeit geschlafen. Mam kaufte mir einen kleinen rosafarbenen Elefanten. Ich mochte ihn sehr und er musste im Auto auch neben mir liegen. Und wieder sagte Mam über mich, ich sei ein Engel ohne Flügel. Das habe ich schon ein paar Mal von ihr gehört. Ich freute mich darüber. Wenn sie wüsste...

Dann kam ein Ausflug der nicht sein musste. Paps hatte die aberwitzige Idee gehabt, mir könnte ein Ausflug an dem Beach gefallen. Wir fuhren nach Apollo Beach, was nicht weit weg war von uns. Wenn ich eins nicht mag, ist es sandige Pfötchen. Als ich den Sand bemerkte, machte ich ein Theater, dass mich Paps sofort auf den Arm nahm. Nein das war nicht meine Welt. Auch mit Wasser habe ich nichts am Hut. Paps setzte mich auf einen alten Baumstamm. Das gefiel mir nicht, ich wartete, bis Mam ihre Bilder machte und dann wollte ich nichts wie weg vom Beach. Wie freute ich mich, als wir wieder im Auto saßen.

Mam erzählte mir, das mein Paps immer sagte, ein Hund kommt mir nicht ins Bett. Na dann habe ich ihn ja sehr schnell um meine kleine Pfote gewickelt. Ich glaube, mein Paps ist Wachs in meinen Pfötchen. Ab den Zeitpunkt, wo ich von alleine mit im großen Bett schlafen wollte, haben wir beide immer gekuschelt. So ist es bis zum letzten Tag geblieben. Das machte mich total glücklich. Kein herum schubsen mehr, kein allein lassen. Ich musste nur ganz selten alleine bleiben und dann nie sehr lange. Nur wenn Mam und Paps zum Einkaufen oder zum Arzt mussten, da durfte ich nicht mit. Ich genoss mein neues Leben in vollen Zügen.

Wir mussten nach Miami fahren zum deutschen Konsulat. Das machten wir mit Paps sein Auto. Das war ein Ford Windstar, also ein Van. Wie ich es Später Tinka erklärte, hat Paps einen Kasten hinter seinem Sitz gebaut, so dass ich dort liegen konnte, der aber auch bis zum Mittelgang zwischen Mam und Paps reichte. Ich hatte somit ein schönes Dreieck, wo ich mich bewegen konnte. Mam polsterte es schön weich mit Decken aus. Ich fühlte mich wie die Queen persönlich. Meistens lag ich zwischen Mam und Paps. Ich liebte es, wenn ich die Beiden sehen konnte. Außerdem gab es immer wieder Streicheleinheiten für mich. Die Fahrt nach Miami dauerte 5 Stunden einfache Fahrt. Also würden wir gut 11 Stunden unterwegs sein. Da war der Van schon besser.

Zum Essen wurde mein Lieblingsladen mit dem großen gelben M angesteuert. Da gab es allerdings kein Softeis, aber ich konnte Paps klar machen, dass ich mein Trockenfutter nicht nehmen würde, und er könnte mir sein Chickenburger geben. Das heißt, das Brot und den Salat konnte er selber essen. Das Chicken war für mich. So musste er noch einmal in den Laden gehen, um für sich einen Burger zu kaufen. Er wollte wohl nicht nur das Brötchen mit dem Salat essen. Von mir aus, hätte er auch mein Trockenfutter haben können. Mir ging es richtig gut und ich wurde geliebt.

In Miami angekommen, fragte Paps nach dem Weg, wo das Konsulat sein sollte. Er wunderte sich, keiner sprach mehr englisch, nur noch spanisch. Er musste fünf verschiedene Leute fragen, um eine halbwegs verständliche Antwort zu bekommen. Er sagte zu uns, befinden wir uns noch in den USA, oder schon auf Cuba oder Mexiko? Im Konsulat angekommen bestätigte man uns, dass es Teile von Miami gab, wo nur noch spanisch gesprochen wurde. Auch an den Bankautomaten im ganzen Land stand die Erklärung in englischer oder in spanischer Sprache. Paps sagte dann immer aus Spaß, dass er sich als Deutscher diskriminiert fühlte. Denn gerade die USA legte sehr viel Wert darauf, dass niemand diskriminiert wurde. Da schelterten sie schon an den Bankautomaten. Als ich das alles hörte, konnte ich das nicht verstehen. Werden schwarze und weiße Menschen nicht diskriminiert?

Mam und Paps fanden den Teil von Miami, wo wir waren nicht so toll. Alles nur Hochhäuser, wenig Grünflächen. Das gefiel besonders Paps nicht so gut. Wir gingen noch ein bisschen spazieren und kamen an einer Skulptur vorbei, die eine Welle darstellte und wo man den Vorderen Teil einer Schildkröte, eines Manatee und eines Delfins sehen konnte. Das war mir nicht geheuer, ich wollte da schnell weg. Das hatte etwas bedrohliches für mich. Die Tiere waren viel größer als ich. Paps konnte viel erzählen, von wegen nicht echt usw. Das interessierte mich nicht, ich wollte nur weg. So gingen wir langsam zum Auto und traten die Heimreise an. Wir aßen wieder unterwegs und als wir zu Hause ankamen fielen wir nur noch ins Bett.

Mam erzählte mir, dass meine Menschen an dem Haus schon so einiges gemacht hatten. Als sie hier einzogen, sagte ihnen niemand, dass es im Sommer in der Regenzeit recht nass werden könnte. Im Juni zeigte sich der Regen von seiner ergiebigsten Seite. Sie dachten, der Regen wollte gar nicht mehr aufhören. Sie bepflanzten im Frühjahr noch die linke Seite von Haus. Nach dem Regen glich ein Teil vom Garten einer kleinen Seelandschaft. Das war vor meiner Zeit. Oh je, dachte ich, wo hätte ich denn sonst mein Geschäft machen sollen? Ich mag doch kein Wasser. Mam liebte die Jasminpflanzen und auf der linken Hausseite waren alle Pflanzen unter Wasser. So auch ihr geliebter Jasmin. Sobald das Wasser eingesickert war, wurde umgepflanzt.

Vor dem Haus war nicht alles unter Wasser, also kam der Jasmin dorthin. Paps füllte die Erde auf, sodass ein Kranz mit Erde um die Pflanze war und darauf kam roter Mulch. Das sah toll aus und Mam hoffte, dass die Jasminpflanze die Prozedur überlebte. Drei Tage später regnete es erneut sehr stark. Da war der komplette vordere Garten unter Wasser. Zuerst versuchte Paps am Weg einen Erdwall zu bauen den er mit Beton übergoss. Das half nur bedingt.

Also musste Mams Jasmin erneut verpflanzt werden. Dieses Mal kam er an das Haus in einem Beet. Im Haus gab es nie Wasser, weil das Haus auf einer kleinen Anhöhe gebaut wurde. Dieses Mal würde der Jasmin keine nassen Füße bekommen. Aber leider hatte er das nicht überlebt. Mam war sehr traurig.

Paps sagte zu Mam, dass wir den Weg zum Haus aufschütten müssen. Es wurde ein Lastwagen mit Erde geordert. Paps hatte vor, dass der LKW bis zum Haus fuhr und indem er langsam vorwärts fuhr, die Erde über den ganzen Weg verteilen konnte. Leider ging das nicht, weil quer über dem Weg eine Oberleitungen führte. Die würde der LKW abreißen, wenn er seinen Kipper hoch fahren lassen würde. Also musste er alles in der Mitte vom Weg abladen. Da lagen nun vier Kubikmeter Erde und die wollte nun verteilt werden.

Es wäre alles nicht so schlimm, wenn es nicht gerade Juli, also Hochsommer gewesen wäre. So nahmen Mam und Paps die Schaufeln in die Hand und verteilten die Erde. Mam nahm den Rasentraktor mit Anhänger zu Hilfe. Paps musste arbeiten gehen und so machte Mam so viel, wie sie konnte. Durch ihr Rückenleiden ging es nur langsam voran. Die Nachbarn schauten zu, wie sie sich abmühte, leider halfen sie ihr nicht. Erst als alles fertig war, kamen sie und sagten, dass sie Mam und Paps bewunderten, wie sie das alles ohne große Maschinen schafften. Große Maschinen auszuleihen waren sehr teuer, also mussten meine Lebenskünstler einen anderen Weg finden. Paps arbeitete jeden Tag nach der Arbeit, um die Erde dorthin zu schaffen, wo sie hin sollte. Dann war sie verteilt und musste verfestigt werden.

Es wäre nicht mein Paps, wenn er auch da keine Lösung hätte. Er nahm eine große Leiter, legte sie quer auf den Boden und beschwerte sie mit einer Rolle Dachpappe, die sehr schwer ist. Mam konnte sie nicht einmal anheben. An der Leiter befestigte er Gurte. Die zog er immer wieder hinter sich her, um die Erde auszugleichen und zu verfestigen. Dann kamen noch Holzplatten drauf, damit Paps mit dem Auto zum Haus fahren konnte. Zu guter Letzt brauchten wir nur noch zu warten, bis das Gras wieder wächst. Das dauerte in der Regenzeit nicht sehr lange.

Paps sagte, die Kunst ist, aus nichts etwas zu machen und das verstand er wirklich gut.

Nun wurde die vordere Seite des Gartens «Trocken gelegt» da fing es zwei Wochen später hinter dem Haus an, bei dem Regen ein See zu werden. Ich kam schon ins Grübeln, wie das sein kann, dass nicht der ganze Garten ein See wurde. Ich habe es aber mit eigenen Augen gesehen. Nur hinter dem Haus wurde keine Erde aufgeschüttet. Es kamen sehr viele große und kleine Vögel, das hat meinen Menschen gut gefallen. Meistens waren es Kraniche.

Eines Tages kam Steve zu uns, das war ein Kunde von Paps. Ich weiß nicht, aber er kam mir nicht sehr nett vor. Ich war auf der Hut und beobachtete ihn. Das hatte ich schon mitbekommen, das er nicht sehr freundlich über Hunden sprach. Warum meine Menschen für mich kochen würden, warum sie mich kämmen, das wäre doch viel zu viel Arbeit. Ein Hund muss für den Menschen da sein und nicht die Menschen für den Hund. Der Hund hat das zu fressen, was der Mensch ihm gab. Da stäubten sich mir fast die Haare, als ich es hörte. Mam und Paps ließen sich nicht beirren und sagten das auch.

Und dann kam er zu mir und nahm mir mein Knabberstäbchen weg. Oh was war ich sauer, ich knurrte ihn böse an. Und da ist Mam auch sehr böse geworden. Steve sagte, er wollte nur mal wissen, was ich machen würde und er verstand es nicht, dass er das nicht tun durfte. Mal ganz unter uns gesagt, er konnte froh sein, dass ich nur ein kleiner Hund mit wenig Zähnen war. Ein großer Hund hätte ihn schon gezeigt, dass er besser seine Hände bei sich behält.

Mam sagte ihm, dass sie es nicht in Ordnung fand und auch Paps gab ihm zu verstehen, dass sie so etwas nicht billigen. Dass können wir tun, sagte Paps, aber keine Fremden. Von da an knurrte ich ihn immer böse an, wenn er kam. Das verstand Steve nun gar nicht. Paps erklärte ihm: «Dass wird dir Penny nie verzeihen, dass du ihr etwas weggenommen hast.» Mam ging dann mit mir Gassi, wir kamen erst zurück, als Steve wieder gegangen war. Mam und ich mochten ihn einfach nicht mehr.

Bau eines Pavillons

Hatte ich schon einmal erwähnt, dass mein Paps ein Perfektionist ist? Ja das ist er wirklich. Mam und ich staunten nicht schlecht, als Paps eines Tages nach Hause kam und viele Vierkanthölzer und Leisten mitbrachte. Wir waren gespannt, was daraus werden sollte. Paps legte sich die Balken auf den Rasen, wo der Pavillon stehen sollte. Und bei meinem Paps gibt es kein «KLEIN.» Mam erschrak, als sie ihn machen sah. Mein Paps brauchte keinen Plan mit Aufzeichnungen, die hatte er alle im Kopf.

So lagen acht Leisten auf dem Rasen, denn der Pavillon sollte achteckig werden. Mam half ihm und beizte die Leisten und Balken. Sie passte immer sehr auf, dass ich nicht in die Nähe von der Beize kam. Das hätte meinen Haaren nicht gut getan. Ich legte mich in sicherer Entfernung in das Gras und schaute ihnen zu. Kurze Zeit später war das Dachgestell fertig.

Mam fragte, wozu der ganz kleine Aufbau sei, der über dem Zweistufendach kam? Paps sagte, da kommt einmal eine Lampe rein! Ja das war mein Paps, es musste immer noch ein i-Tüpfelchen sein. Nun hatte das Dach einen Durchmesser von 6 m. Mam überlegte, wie er das aufstellen wollte. Zuerst wurden die Balken einbetoniert und dann baute Paps einen Flaschenzug. Der schaffte das Dach jedoch nicht, obwohl es nur die Lattenkonstruktion war. Also wurden Freunde eingeladen. Wie ich mein Paps kannte, wollte er nicht so lange warten, bis sie ausgeschlafen hatten.

Es wurden vier Leitern aufgestellt und so hat es Paps mit Hilfe von Mam wirklich geschafft, Stufe für Stufe das Dach auf die Stützbalken zu bekommen. Paps erklärte, dass der Pavillon an der höchsten Stelle vier Meter hoch war. Und als die Freunde kamen, staunten sie nicht schlecht, dass das Dach schon drauf war. Es sah jetzt schon sehr imposant aus. Es wurde alles verstrebt, dass es auch starke Stürme aushalten konnte. Beim 2.

Einkauf kam er mit einem Freund, der einen großen Pick-up hatte, und sie brachten die Dachplatten. Es waren sehr große Platten, logisch, sie mussten ja auf die jeweiligen acht Felder passen. Auch das hat Paps ganz alleine gemacht. Alles nur mit zwei Leitern. Von einem anderen Freund, der Dachdecker war, bekam er die Schindeln geschenkt und die Nagelpistole geliehen.

Es wurde noch Dachpappe gekauft. Und sobald mein Paps von der Arbeit nach Hause kam, mit mir spielte und gegessen hatte, war er wieder draußen an seinem Pavillon. Ein zu heiß gab es nicht für ihn. Der Nachbar staunte nicht schlecht, als er das alles sah, wie mein Paps das machte.

Es dauerte nicht lange und das Dach war fertig. Es wäre ja nicht mein Paps, wenn er sich nicht wieder etwas Witziges einfallen ließ. So Schnitt er von einem Baum einen großen Ast ab und der diente als Richtbaum zum Richtfest. Natürlich wurde der Richtspruch nicht vergessen. Mein Paps war immer für einen Spaß zu haben. Und dann kam das kleine Türmchen ganz oben drauf, es wurde schon mit Plexiglas an den Seiten versehen. Da mein Paps nicht abwarten wollte, bis der Pavillon ganz fertig war, holte er eine Lampe, Kabel und baute in der Halterung die Lampe ein. Ganz oben drauf kam noch ein Wetterfähnchen. Und als der Abend dämmerte, wurde ganz feierlich das Licht oben im Pavillon eingeweiht. Ich musste zugeben, das hatte schon was.

Die Nachbarn kamen vorbei und bestaunten das. Am nächsten Tag kam die Dachpappe auf das Dach, und nach und nach die Schindeln. Mam schimpfe mit Paps, weil er Schlappen anhatte und auf dem Dach herum kletterte. Aber Paps wollte sie beruhigen, indem er sagte, das wären die neuesten Hochsicherheits-Schlappen. Wir mussten darüber lachen, aber insgeheim betete Mam, dass ihm nichts passierte. Es passierte auch nichts. Wozu hatte man seine Schutzengel. Der von Paps musste bestimmt wieder Überstunden machen.

Dann war das Dach fertig. Es bekam noch ein Kupferband ringsherum. Otto und Moni schenkten uns einen Deckenventilator, der natürlich auch gleich angebracht und verkabelt wurde. Das braucht man hier im Sommer. Es ist unerträglich heiß.

Dann musste der Boden grade gemacht werden. An diesem Wochenende hatte es nur geregnet. Das kommt in Florida sehr selten vor. Normalerweise regnet es im Sommer nur eine Stunde am Tag und dann schien die Sonne wieder. Paps war aber so sauer, dass er nicht weiter machen konnte, sodass er sich seine Regenjacke und die Gummistiefel anzog. Mam und ich mussten schmunzeln.

Wir sahen vom Küchenfenster Paps in Gummistiefel, kurzer Hose, Regenjacke und seinen Hut. Aber er hat den Boden begradigt. Er war pitschepatsche nass, denn wenn es in Florida regnet, dann sehr stark. Paps sagte, er lässt sich von dem Regen nicht ärgern. Den Lacher hatte er auf seiner Seite. Dann wurde das Lattengestell für die Bodenplatten gelegt und mit Sand aufgefüllt. Als der Boden halb fertig war, holte Paps uns nach draußen. Da standen zwei Gartenstühle auf dem halben Boden und kühle Getränke waren auch vorhanden. Mam nahm mich auf den Schoß. Wir sollten schon einmal das Gefühl bekommen, wie das wäre, wenn wir hier draußen sitzen. Das hat Paps wirklich toll gemacht.

Als der komplette Boden drin war, stellten sie die Gartenstühle und Tisch in den Pavillon. Und auch die Hollywoodschaukel fand darin Platz. Mam und ich lagen darauf und es war sehr gemütlich. Und dann sah Mam schon wieder das Funkeln in den Augen von Paps. Mam sagte zu mir: «Pass auf, gleichkommt er raus mit seiner Idee.» Und so war es auch.

Paps sagte: «Was haltet ihr davon, wenn ich einen kleinen Teich mit Wasserfall hier einbaue?» Ich schaute Mam an, sie mich. Ich verstand von solchen Dingen nichts, aber ich konnte in den Augen von Mam lesen, das meinte er doch nicht im Ernst. Sie sagte: «Du hast gerade den Boden fertiggemacht und du willst wieder einen Teil aufmachen?»

Gesagt getan. Mein Paps ist ein Mann schneller Entschlüsse. Er machte wirklich einen Teil wieder auf, hob ein Loch aus und kam mit einer rechteckigen Teichwanne an und baute sie ein. Mir schwante, dass er das doch schon länger plante. Es waren auf einmal alle Utensilien die er so brauchte vorhanden.

Wasser kam in die Teichwanne rein und eine Teichpumpe. Schon hatten wir sprudelndes Wasser im Pavillon. Daneben stellte Paps einen kleinen Brunnen auf der einen Seite und eine Figur auf der anderen Seite. Nur damit wir uns vorstellen konnten, wie es einmal fertig aussehen sollte.

Dann schnitt er die Bodenplatten so zu, dass eine schöne ovale Öffnung zum Teich war. Mam gefiel das schon sehr gut. Dann wurde mit Hilfe von Steinen der Wasserfall gegossen und aufgestellt. Die Pumpe wurde verlegt und so eingestellt, wie sich das Paps dachte. Und dann kam der feierliche Moment, als er die Pumpe anstellte.

Was freute er sich, als der Wasserfall so lief, wie er sollte und nirgends das Wasser heraus spritzte. Das war wirklich eine Meisterleistung. Mam kaufte noch künstliche Pflanzen dazu und fertig war der Wasserfall in unserem Pavillon.

Später wurde noch ringsherum ein Fliegengitter angebracht. Bei uns hieß es Screen. Eine Tür installiert und fertig war unser Pavillon.

Wir saßen sehr oft draußen. Durch den Screen blieben die Mücken draußen und wir konnten auch mit Beleuchtung bis in die Nacht draußen sitzen. Mich stören die Mücken ja nicht, aber meine Menschen. Ich kann euch sagen, ich habe schon einen verrückten lieben Paps. Er ließ nie nach, uns das Leben so schön wie möglich zu machen. Und er hatte Einfälle ohne Ende. Das war auch immer sein bestreben und das blieb auch bis zum Schluss.

Und er hatte jeden Abend Zeit, mit uns eine Gassirunde zu laufen. Das gefiel besonders mir sehr gut. So kam ich auch immer auf meine Kosten. Ich liebte meine Menschen sehr.

Ich entdecke eine ganz neue Welt

Einige Geschichten hatte ich Tinka schon erzählt. So auch die Geschichte mit dem Armadillo:

Eines Abends, als wir zum letzten Gassigang im Garten waren, natürlich war ich immer ohne Leine, die brauchte ich auch nicht. Da spürte ich ein Armadillo auf, in Deutsch heißen sie Gürteltiere. Ich bin gleich mit lautem Gebell hinterher, ich musste ja meine Menschen beschützen und der Armadillo ist in meinem Territorium eingedrungen. Er ist unter Paps Auto geflitzt und ich gleich hinterher. Ich hatte ihn schon fast, da hat Paps mich hochgenommen.

Ich konnte mir schon gut vorstellen, wie der Armadillo grinste, als er das merkte. Ich war natürlich nicht glücklich darüber. Eduard, wie wir ihn dann nannten, blieb einige Wochen in unserem Garten, gesehen hatte ich ihn aber nie mehr. Von dieser Zeit an, schaute ich immer unter das Auto, wenn wir das Haus verließen.

Das Leben mit meinen Menschen gefiel mir immer besser. Ich ließ mir immer etwas neues einfallen, um sie zu erfreuen. Natürlich hatte ich immer Erfolg. Wenn es mir so richtig gut ging, wälzte ich mich gerne im Rasen. Paps oder Mam, kraulten mir dann den Bauch. Das hatte mir immer sehr gefallen. Natürlich war Mam immer mit ihrem Fotoapparat dabei. Sie machte liebend gerne Fotos von mir. Eines Tages wälzte ich mich wieder, und ich hatte dann das ganze Haar voller Blütenkätzchen. Sie klebten in den Haaren. Es gibt davon ein schönes Bild von mir:

Nur das kämmen danach gefiel mir gar nicht. Das hatte sehr lange gedauert, bis das Zeug wieder aus meinen Haaren war.

Es kam wieder die lästige Zeit der Lovebugs. Das sind kleine Fliegen. Sie werden auch Flitterwochen-Fliegen oder doppelköpfige Fliegen genannt. Männchen und Weibchen sind immer zusammen. Bei denen weiß man nie, wie herum sie fliegen. Auf beiden Seiten ist ein Kopf. Der Oberkörper ist rot, der Körper schwarz. Sie kamen in Florida zwei Mal im Jahr vor. Einmal April/Mai und dann noch einmal im August/September. Aber dann war es schon eine Invasion. Hell gestrichene Häuser sahen dann schwarz aus.

Sie sind eine erhebliche Belästigung für die Autofahrer. Hatte man ein weißen Auto, dann war es zu der Lovebugs Zeit schwarz. Paps schimpfte auch immer, weil das Zeug nicht so leicht von der Windschutzscheibe weg ging. Dafür gab es einen speziellen Schwamm. Man musste es auch relativ schnell vom Lack der Autos entfernen, sonst gab es hässliche Flecke. Es gab viele Auto, die hatten eine Ledermanschette um den Kühler. Das sah schon lustig aus, Autos mit Verhüterli. Hi hi. Für Menschen stellen sie keine Bedrohung dar, weil sie weder beißen noch stechen. Sie sind einfach nur lästig. Das ging ca. 10 Tage und dann waren sie auch schon wieder weg. Nur diese zehn Tage hatten es in sich. In der Zeit waren wir auch nicht oft im Garten.

Eines Tages erzählte mir Mam, dass Paps den Kamin in dem Haus selber gebaut hatte. Vor dem Kamin lag mein Körbchen, als ich hier ankam. Es war ein künstlicher Kamin, na ja wer braucht in Florida schon einen echten Kamin, es war doch immer so heiß. Und wieder war es eine Perfektion von Paps. Da dieses Haus gemietet war, baute Paps ihn so, das man ihn ohne große Probleme wieder abbauen konnte. Wieder kam er mit Holzleisten und Gipsplatten. Ich staunte, wo er die ganzen Ideen her nahm. Nie sah ich ihn eine Skizze zeichnen. Alles was er baute klappte von Anfang an. Mam dachte sich, dass es toll aussehen müsste, wenn sie ihn in Gold streichen würden und mit weißen Cracks. Das sah aber ganz und gar nicht gut aus. Also fuhren sie in den Baumarkt und kauften Steinfließen. Auch innen kamen die Steinfließen dran, das sah richtig toll aus und vor allem sehr echt. Mam kaufte noch ein Kamingitter und ein Gestell wo die Kaminschaufel, Besen und der Holzhaken hingen. Das machte das Wohnzimmer noch gemütlicher. Das Feuerlog knisterte und flackerte wie ein echtes Feuer im Kamin.

Wo das Feuerlog lag, hatte Paps einen Kasten gebaut und darunter wurde der kleine Safe versteckt. Das nenne ich mal praktisch, welcher Einbrecher kommt schon darauf. Aber mit mir hatte sowieso kein Einbrecher eine Chance, ich bin ein Wachhund und ein sehr guter sogar. Man sollte meine Größe nie unterschätzen.

Es gab mehrere Bauprojekte, die mein Paps machte. So auch die Veranda vor dem Haus. Da es das

Schlafzimmerfenster war und den ganzen Tag die Sonne hineinschien, machte das Dach von der Veranda sehr viel aus. Und dann baute Paps noch einen kleinen Anbau auf der rechten Seite des Hauses. Das benutzte Mam als Lackierstation für ihre Holzarbeiten. Mam war Künstlerin in Holz. Sie sägte auf der Dekupiersäge schöne Sachen aus Holz und Acryl.

Sie machte Schwibbögen und viele Sachen mehr. Fast alles wurde aus sehr dünnem Holz gesägt. Das liebten die Leute, weil Mam ganze Bilder aus Holz sägen konnte. Paps erzählte mir, dass sie einmal die christliche Familie sägte und sie nahmen das Bild nur zum Anschauen mit auf einer Ausstellung. Da kam eine Frau an den Stand und wollte genau dieses Bild unbedingt haben. Sie sagte, sie zahle jeden Preis dafür. Und weg war das Bild. Sie erzählte noch, dass sie die Kunst dieses Bildes erkennt.

Im Haus hingen viele Engel herum. Nun darf man raten, was Mams Lieblingsfiguren waren? Den Erlös des

Verkaufs spendete Mam an ein Kinderkrebskrankenhaus oder für bedrohte Tiere. Sehr oft musste Mam auch pausieren, weil sie starke Rückenschmerzen hatte.

Keine Hundeausstellungen

Das ganze Jahr über arbeitete Mam mit Unterbrechungen in der umgebauten Garage. Vom Herbst bis Frühjahr ging sie auf die Ausstellungen. Seitdem ich da war, machte sie immer weniger, da verbrachte sie lieber mehr Zeit mit mir. Ich liebte sie dafür. Auf einigen Ausstellungen durfte ich mit.

Eine große Ausstellung war auf dem Gelände vom Sun Coast Hospice am Roosevelt Blvd. in St. Petersburg. Das Gelände vom Hospiz war mit vielen alten hohen Bäumen umsäumt. In der Mitte befand sich ein schön angelegter Teich, um den die zweigeschossigen Gebäude gebaut waren. Zwischen dem Teich und den Gebäuden verlief ringsherum ein sehr breiter überdachter Weg, der die einzelnen Gebäude miteinander verband. Es befand sich genügend Platz, dass sich rechts und links ca. 200 Verkaufstände unterbringen ließen.

Wir freuten uns, dass alle Stände überdacht waren. Bei über 40°C die bis in den Herbst hinein gingen, war das schon sehr angenehm. Mam hatte einen Wagen mit vier Schubladen für einige kleinere Artikel. Ganz oben war nun mein Platz. Ich bekam mein Kissen obendrauf und konnte so alles genau überblicken. Als die Ausstellung dann anfing, wurde es sehr voll.

Stellt euch das doch einmal vor, da kamen Leute und wollten mich kaufen, aber Mam und Paps sagten gleich: «Unsere Penny ist unverkäuflich.» Ein sehr hartnäckiger Mann kam drei Mal zu uns, ob Paps es sich nicht doch überlegt hätte, er würde auch einen guten Preis zahlen. «No way sagte Paps, das kam gar nicht in Frage. Nicht für Millionen würde er mich hergeben und Mam bestätigte ihn.» Ja was glaubt der denn, dass ich aus Holz wäre? Wir drei wurden eine eingeschworene Gemeinschaft. Uns konnte nichts mehr trennen, das fühlte ich.

Viele Leute waren von mir fasziniert, weil ich so lieb auf meinem Kissen lag und mir nur alles anschaute. Als ich dann müde wurde, legte Mam mich in eine der großen Plastikkisten auf ein Kissen im Schatten. Als ich wieder wach wurde, schaute ich wieder dem fröhlichen Treiben zu. Viele Leute aus dem Hospiz wurden im Rollstuhl durch die Gänge geschoben. Einige hatten einen kleinen Hund auf dem Schoß. Mam erzählte mir, dass diese Ausstellung jedes Jahr, ein großer Highlight für das Hospiz war. Als die Ausstellung zu Ende ging, saß ich wieder auf dem Wagen und fand die Fahrt zu unserem Auto toll. Das hat Spaß gemacht.

Auch bei der Ausstellung der Bethlehem Church war ich dabei. Das war auf dem großen Parkplatz vor der Kirche. Das war keine kleine Kirche und somit hatte sie einen sehr großen Parkplatz. Sie hatten ringsherum die Bäume mit Lichtern geschmückt und die Aussteller waren in kleine, doch ausreichende Buden untergebracht.

Jede Bude hatte ein anderes Motto aus der christlichen Geschichte. Das hatte mit den Lichtern einen Flair von dem Weihnachtsmarkt in Deutschland, schwärmte Mam und Paps. Natürlich ohne Glühwein – Kirche und Alkohol, das gab es nicht. In Florida gibt es keinen Weihnachtsmarkt. Ich sah es in den Augen meiner Menschen, wie begeistert sie waren, auch mir hatte das sehr gefallen. Ich kannte so etwas auch nicht. Und überall war ich der Mittelpunkt. Am schönsten war, als eine mexikanische Gruppe, von Bude zu Bude ging und «Stille Nacht, heilige Nacht» sangen. Das hat allen sehr gut gefallen. Sie kamen mit Gitarre und Maracas *Rumbarasseln*.

Zum 10 jährigen Jubiläum in der United Community Church wurden Pressefotos gemacht. Die Fotografin kam zu uns nach Hause und sah mich an. Sie war von meiner Schönheit sehr beeindruckt, und wollte mich unbedingt mit auf die Fotos haben. Also war ich neben den Holzsachen von Mam wieder ein Highlight. So bekamen wir einen großen Artikel in der Zeitung «The Sun.» Paps und Mam waren so stolz auf mich, ich zeigte dieses Mal auch mein schönstes lächeln. Ich drehte meinen Kopf auch nicht weg, wie ich es manchmal tat, wenn ich keine Lust aufs fotografieren hatte. Mam und Paps waren sehr stolz auf mich.

Wenn Mam in der Garage sägte, war ich in einiger Entfernung von ihr. Schmutz und Staub mochte ich nicht. Und den Sägestaub mochte ich schon gar nicht in meine Haare haben. Das Garagentor war oft offen und dann kamen öfters kleine Lizards vorbei. Das sind kleine Eidechsen. Davon gab es in Florida sehr viele. Ich jagte sie zu gerne, aber sie waren viel zu schnell für mich. Egal, wie ich mich abmühte.

Auch wenn wir Gassi gingen rannte ich ihnen immer hinterher. Das machte mir großen Spaß. Manchmal bewegten sie sich nicht und ich dachte, sie wären tot. Aber das waren sie nicht. Ich glaube, sie wollten mich immer herausfordern, dann blähten sie den Hals auf. Wenn sie meine Aufmerksamkeit geweckt hatten, sind sie feige weggerannt. Ich verstand ihre Körpersprache schon sehr gut.

Am liebsten mochte ich unsere Spaziergänge an den Seen der Gemeinden. Paps und Mam freuten sich auch, weil der Rasen schön kurz gehalten und alles supergepflegt war. Paps sagte, es würde wie eine Bilderbuchlandschaft aussehen. Davon verstand ich nichts. Ich freute mich des Lebens. Ich war sehr gerne draußen.

Wenn Paps etwas in der Garage zu bauen hatte, was oft vorkam, legte ich mich ins Gras und beobachtete alles. Mir entging nichts. Ich schlug an, wenn es nötig war. Ich liebte das Sonnenbaden. Meine Leine war immer so lang im Garten, dass ich mich gut bewegen konnte.

Einmal waren wir bei Freunden und sie hatten einen Golfcard. Damit drehten wir auch einmal unsere Runden. Das hat Spaß gemacht. Für mich war es ein lautloses Auto. Es brauchte auch kein Benzin, es wurde in der Garage an den Strom angeschlossen und die Batterie konnte sich aufladen. Im Hochsommer war das sehr angenehm, wenn wir den Fahrtwind spürten. Dann war es nicht so drückend heiß.

Nur wenn wir einkaufen fuhren, ärgerte sich Paps hin und wieder, wie die Leute mit den Golfcarts parkten. Nach Sun City Center fuhren Paps und Mam öfters zum Einkaufen. Über eins hatte sich Mam aufgeregt. Da hatte die Stadt wieder einmal geschlafen, wie sie sagte. Golfcarts durften die große Hauptstraße nicht überqueren.

Doch ausgerechnet auf der anderen Seite dieser Straße baute man einen Super Wal Mart – großes Kaufhaus hin. Viele Leute hatten aber nur den Golfcard und sie sind nicht zum Einkaufen gekommen. Sie mussten immer warten, bis sie jemanden fanden, der sie mit dem Auto mitnahm. Paps war nicht abgeneigt einigen zu helfen. Erst ein Jahr später baute die Stadt einen separaten Übergang für Golfcarts um die Straße überqueren zu dürfen.

Hundepark

Mam und Paps taten alles, um mir das Leben so angenehm wie möglich zu machen. So fuhren wir eines Tages nach Sun City Center. Das ist eigentlich ein Ort, für ältere Leute. Dort darf man nur wohnen, wenn man älter als 55 Jahre alt ist. Das hatte ich vorher auch noch nie gehört. Die ganze Gegend war sehr gepflegt, mit vielen Golfplätzen und viele Golfcarts fuhren durch die Gegend, wo man sonst Autos sah.

Es gab auch Autos, aber die Leute fuhren immer mit ihren Golfcarts. Wir kamen an einem Gelände vorbei, wo zuerst ein Tennisplatz war und da hörte ich sie schon, viele Hunde. Da musste ich doch gleich für Ordnung sorgen. Ich bellte und bellte, da kam eine Frau zu uns und bat uns herein. Paps wollte erst nicht, weil ich so einen Terz gemacht hatte. Aber die Frau sagte zu ihm, dass wir rein kommen sollten und sie sollten mich von der Leine abmachen. Es könne ja nichts passieren, da das Gelände komplett eingezäunt war. Ich sah mir die Sache genauer an und dann kamen einige Hunde zu mir. Hey, das war nicht schlimm. Natürlich hatte ich mit dem Bellen aufgehört. Nur wenn einer an meinen Po wollte, konnte ich ungemütlich werden. Sie haben das mehr oder weniger akzeptiert und dann hatte ich meine Ruhe.

Wir wurden von den anderen Menschen begrüßt. Sie standen oder saßen alle unter einem Pavillon. Es war an diesem Tag sehr heiß. Neben dem Pavillon stand ein Hundepool, aber das war nichts für mich. Ich mochte kein Wasser. Für mich war Wasser nur zum Trinken da, und überall standen Trinknäpfe für uns bereit.

Hinter dem Pavillon war eine große Rasenfläche. Da freundete ich mich gleich mit Gina an, das war ein kleines Yorkigirl. Ich musste schon in mich hinein schmunzeln, Gina war noch kleiner als ich. Das kam nicht oft vor. Das mit dem Hundepark, wie die Menschen es nannten, gefiel mir recht gut. Wir waren ein bunt gewürfelter Haufen Hunde. Was mir besonders gut gefiel, es waren alles kleine Hunde. Keine großen Wichtigtuer, wie ich sie schon öfters in meinem Leben kennenlernte. Wir hatten eine Menge Spaß.

Ich rannte über den Rasen und freute mich des Lebens. Das war ein ganz anderes Leben, als ich es bisher kannte. Darüber war ich sehr glücklich und auch dankbar. Das ich in meinem letzten Lebensabschnitt noch so ein tolles Leben haben sollte, freute mich total. Mam sagte, das die Hunde für den Hundepark nur ihre Tollwutimpfung brauchten und die hatte ich ja. Ich unterhielt mich mit Gina und wir machten aus, dass wir uns hier öfters Treffen würden. Gina sagte, sie kann ihren Paps auch um die kleine Pfote wickeln. Ja das schaffen wir kleinen Hunde im Handumdrehen.

Natürlich musste Mam wieder Bilder machen. Wie sollte es auch anders sein. Das nahm ich allerdings gar nicht so wahr. Ich hatte eine Menge

Spaß dort. Sehr oft trafen wir unsere Freunde dort. Das es mir sehr gut ging, könnt ihr an diesem Bild von mir sehen.

Nur in den Sommermonaten war es sehr heiß. Da suchten wir Hunde uns unter dem spärlichen Schatten ein Plätzchen und ruhten uns aus. Palmen spenden nicht sehr viel Schatten. Mam erzählte, dass es in dem Land, wo sie herkam, große Bäume mit viel Schatten gab. Viele Hund lagen nur hechelnd im Gras herum. Es war im Frühjahr und Herbst eine Traumzeit für uns Hunde, nicht der Hochsommer. Im Frühjahr und Herbst konnten wir richtig schön spielen. Herumtollen wie es uns beliebte. Das Gelände des Hundeparks war für alle groß genug.

Umzug

Leider mussten wir einen Monat später umziehen. Es wurden Kisten gepackt, was ich gar nicht mochte. Ich bekam dann immer ganz schlimme Verlustängste. Nahmen mich meine Menschen auch bestimmt mit? Die Angst war sehr groß in mir. Als Mam das bei mir merkte, kam sie sofort zu mir und tröstete mich. Sie sagte: „Egal wo wir hingehen, du kommst immer mit uns. Wir lassen dich nie wieder weg." Ach hat sie das schön gesagt. Ich leckte ihr die Hand dafür. Mam war immer bei mir und so musste Paps viel alleine packen. Das haben sie auch gut in den Griff bekommen.

Das neue Haus war in der Nähe von Sun City Center, von dort war der Weg zum Hundeplatz, sehr kurz. Das freute mich. Das Haus war im Concho Court und es war wie viele Häuser ebenerdig. Da konnte man sich glatt verlaufen, so groß war es. Mam sagte, das es etwas über 200m² groß war.

Damit konnte ich nichts anfangen, für mich war es sehr groß. Durch die typische amerikanische Bauart hatte man den Eindruck, dass es aus drei aneinandergefügten Gebäuden bestand. Der mittlere Teil, wo sich der Eingang befand, war ca. 12 m zurück versetzt, so erklärte es Paps. Auf der linken Seite befand sich die große Doppelgarage und rechts vom Eingang das Gästezimmer mit einem breiten halbrunden Sprossenfenster. Der Eingangsbereich wurde zu beiden Seiten von blühenden Sträuchern geziert, die dem Besucher zur Tür geleitete. Links neben der breiten Eingangstür befand sich ein Fenster, das bis zum Boden reichte. Das war meine Ecke. Genau da wollte ich mein Körbchen haben. Das holte Mam auch gleich aus dem Auto. Von dort konnte ich alles ganz genau beobachten, was sich alles tat. Ich erklärte den Platz zu meinem absoluten Lieblingsplatz.

Gleich im Anschluss davon wurde Mams Schreibtisch, der sich L-förmig in den Raum einfügte, hingestellt. Das konnte ich mir richtig gut vorstellen,

Mein Platz war in der Nähe von Mam. Was konnte es schöneres geben?

Von der Haustür kam man gleich ins Wohnzimmer. Das haben viele amerikanische Häuser. Das Wohnzimmer war sehr geräumig. Paps baute uns nach dem kompletten Einzug, einen Schrank, der die ganze linke Wand einnahm. Jedes der drei Elemente hatte einen Bogen oben. Das mittlere Element war etwas breiter, dort befand sich der Fernseher. Mams Engelfiguren fanden in den offenen Regalen links und rechts ihren Platz. Bevor die Türen unten angebracht wurden, legte ich mich dort hinein. Das hatte mir gefallen.

Jeder bewunderte diesen Schrank. Er wurde passend zur Einrichtung mit einer Strukturfarbe gestrichen. Das hat man in den USA oft, dass der Schrank die gleich Struktur, wie die Wand hat. Mir gefiel das ganz gut. Natürlich gab es auch die gewohnten braunen Möbel zu kaufen, die gefielen meinen Menschen nicht. Gleich neben dem Wohnzimmer war das Kaminzimmer, dass auch gleichzeitig als Esszimmer diente. Mit einem Tresen war die Küche angegliedert, die auch sehr groß war. Auf der anderen Seite von Wohnzimmer befand sich das großzügige Schlafzimmer mit anschließenden Badezimmer mit zwei begehbaren Kleiderschränken. Ein Traum für jede Frau sagte Mam. Logisch, dass der größere begehbare Kleiderschrank für Mam reserviert war. Die Badewanne war mit einem Whirlpool ausgestattet. Rechts neben der Eingangstür befanden sich das Gästezimmer, Gästebad und ein zusätzliches Zimmer. Wir haben uns in diesem Haus sehr wohl gefühlt. Das in jedem Zimmer ein Körbchen von mir stand, verstand sich von selbst.

Mam war total aus dem Häuschen, als sie das Waschbecken in der Küche sah. Das war größer als die üblichen Waschbecken, die man kannte. Und dann sagte, sie etwas, was mir nicht so gefiel: «Da können wir Penny immer baden, da kann sie schön stehen und wir tun uns nicht mehr am Rücken weh.» Ich bade nicht gerne, darum überhörte ich das einfach.

Die Terrasse war sehr groß und sie war komplett eingescreent. Das bedeutet, dass rund herum ein Fliegengitter angebracht war. Es sind fast alle Häuser in Florida so ausgestattet. Der Garten dagegen war viel kleiner und nicht eingezäunt. Ich gewöhnte mich sehr schnell an die neue Umgebung. Da wir erst Anfang Dezember in dieses Haus zogen, konnten meine Menschen nicht die ganze Weihnachtsbeleuchtung anbringen, die sie hatten. Aber glaubt mir, es langte auch so. Mam und Paps waren die reinsten Weihnachtsfreaks. Das hatte ich später auch Tinka erklärt, damit sie sich nicht wundert. Überall wurde etwas Weihnachtliches hingestellt. Gott sei Dank hatte das Haus einen Kamin. Dieser Kamin war allerdings ein echter.

Gleich machte sich Paps daran, mir erst einmal eine provisorische Hundetreppe zu bauen. Das ging schnell

mit Kisten. Ich hatte mich daran ge-
wöhnt. Eines Tages kam er mit einem
Holzgestell. Er sagte, das wird nun
meine endgültige Hundetreppe. Ich
konnte es nicht akzeptieren, dass er
mir meine Hundetreppe wegnahm.
Also belagerte ich sie. Ich legte mich
ganz lang darauf und schaute ihn an.
Er hob mich hoch, und setzte mich auf
den Teppich und dann nahm er die
Decke, herunter. Schnell wie ein Pfeil
lief ich wieder nach oben und legte
mich erneut hin.

Nun kam auch Mam und sagte, das
sie mir nichts wegnehmen wollen,
sondern für mich eine richtige Hundetreppe hinstellen wollen. Och, ich
war mit meiner sehr zufrieden. Wieder
nahm Paps mich runter. Ich beobachtete ihn ganz genau. Und dann sah ich
das Holzgestell. Als er es neben dem
Bett stellte, als er meine Decke und
Kissen darauf tat, war ich dann doch
zufrieden. Nach dem alles komplett
fertig war, ging ich wieder hoch. Paps
kam zu mir, streichelte mich und wir

schmusten eine Runde. Ja, dass gefiel mir.

Als wir wieder im Kaminzimmer waren erklärte Paps mir groß, dass er den Kamin für die Weihnachtssocken braucht. Ich schaute ihn ungläubig an. Ich kannte die Kamine nur so, dass darin ein Feuer gemacht wurde. Da war ich auf mein erstes Weihnachten bei meinen neuen Eltern gespannt. So wie ich meinen Paps kannte, war das bestimmt nicht so normal, wie ich es kannte. Eigentlich war Weihnachten für uns Hunde kein besonderer Tag. Wo ich her kam gab es auch kein besonderes Fressen für uns. Ich merkte nur, das dann viele Verwandte kamen.

Mam kaufte mir auch einen Socken. Einen eigenen Socken sollte ich bekommen? Ich grübelte, was man damit tun kann. Mam erklärte mir, dass in den Socken am Kamin der Santa Claus, in Deutschland sagen die Kinder Weihnachtsmann, leckere Sachen rein tut. Nur die braven Kinder bekommen leckere Sachen, die bösen Kinder bekommen manchmal Kohlen hinein. Ich beeilte mich, zu erklären, dass ich ja immer brav war, da ich keine Kohlen sondern Leckerchens haben wollte.

Noch etwas muss ich euch erzählen. Paps baute mir ein Cinderella Schloss. Vorne mit zwei Türmchen in den Farben hellblau und rosa. Ich glaube, dass hat er sich von Wald Disney abgeschaut. Mein Schloss sah wirklich toll aus. Paps holte eines Tages einige Utensilien und die Heißklebepistole. In Nullkommanichts hatte mein Schloss auch eine Weihnachtsdekoration wie unser Haus draußen. Er kam zu mir auf den Boden und erklärte mir alles ganz genau. Ich hatte eine mini LED-Lichterkette um den Eingang und oben an den Türmchen. Aus grünen Pfeifenreiniger wurde die grüne Girlande nachgebildet. Ach ja, an dem Fähnchen oben war ein Bild von mir und mein Name stand darauf. Paps hatte es heimlich in der Garage gebaut. Die Türme wurden aus neuen

Abflussrohren gefertigt, die Zinnen vom Rundgang an der Spitze hatte Paps schön ausgesägt. Mam hatte alles mit Farbe besprüht und gestrichen. Obwohl die Farbe in der Garage austrocknen musste, schafften sie es doch noch pünktlich, dass alles komplett fertig wurde. Right in time, würden die Amerikaner sagen.

Und nun haltet euch fest, ich hatte sogar einen Mistelzweig über meinen Eingang mit einer roten Schleife. Jetzt fehlte ja nur noch ein hübscher Rüde. Ich stand nur noch staunend davor. Das ist alles wirklich nur für mich? So etwas Tolles hatte ich noch nie. Wirklich, ich hatte noch nie in meinem ganzen Leben etwas Eigenes für mich ganz alleine. Wo ich früher war, gab es immer viele Hunde. Ich war total überwältigt. Da musste ich so alt werden, um so ein tolles Leben zu haben?

Ich schmiegte mich ganz eng an Paps heran. Danach ging ich in mein Schloss und brachte alles auf Vordermann. Als das Weihnachtsfest kam, war ich sehr aufgeregt, was es für mich gab. Ich hatte doch eigentlich alles, was mein Herz begehrte. Ein tolles Leben, Menschen, die sich viel Zeit für mich nahmen. Was sollte da noch kommen?

Innen legten meine Weihnachtsfreaks dann richtig los. Der große Baum stand ja schon, und überall wurden kleine Weihnachtsfiguren und Engel aufgestellt. Sie hatten auch viele Spieluhren. Dann noch die Häuserstadt, die unter dem Weihnachtsbaum aufgebaut wurde. Die Häuser waren innen beleuchtet.

Zur Einbescherung am Heiligen Abend gab Paps mir meinen Socken, indem sich meine Weihnachtsgeschenke befanden, herunter. Darin waren so allerlei Leckereien. Ich kannte das ja, das die Menschen Candystangen an den Weihnachtsbaum hängen, aber durfte ich die denn fressen. Mam beruhigte mich, indem sie sagte, dass diese Candystangen extra für Hunde waren. Sie sahen aber auch zum Verwechseln ähnlich aus. Genauso mit den roten oder grünen Streifen. Die waren so lecker.

Ich war schon mein ganzes Leben in Florida. Für mich ein schönes warmes Land. Nur dieser Winter 2009 war extrem kalt. Mam kaufte mir ein warmes Mäntelchen. Auch meine Menschen trauten ihren Augen nicht. Es war fast alles draußen erfroren. Alle Büsche die zum Hauseingang rechts und links gepflanzt wurden. Sie waren alle nur noch Braun. Auch unser Rasen war total braun. Und es war noch nicht einmal so kalt, wie es in Deutschland im Winter ist. Wir sind dann durch die Gegend gefahren. Mam glaubte kaum, was sie sah. Es gab keinen grünen Rasen mehr. Alles erfroren. Der komplette Rasen vom Golfplatz. Und auch viele Palmen. Das war für die Menschen bestimmt sehr teuer. Mam hatte Paps einmal eine Palme gekauft, die hatte schon $90 gekostet. Freunde von Mam und Paps hatten gerade eine dreier Palme pflanzen lassen. Alles kaputt und erfroren. Die Pflanzen mussten ersetzt werden, der Rasen kam wieder, bei der nächsten Regenzeit. Paps dachte auch, der Rasen wäre hin, aber er erholte sich als einziger.

Wenn es so kalt war und wir Gassi gingen, wollte ich nach meinem Geschäft auf den Arm. Paps machte seine Jacke auf und ich kuschelte mich ein. So gingen wir dann nach Hause. Ich war immer noch in seiner Jacke. Und ich fühlte mich sehr wohl. Er fing in der Jacke an zu schwitzen, aber das war mir egal. Nach einer Weile musste ich allerdings nachgeben und Paps die

Jacke ausziehen lassen. Das machten wir im Winter fasst jeden Tag.

Ich musste zum Impfen. Das kannte ich ja. Da wir in Florida andere Insekten hatten, wollte Mam, dass ich einen Schutz gegen Zecken bekomme. Sie dachte, was der Tierarzt verschreibt, kann nicht schlecht sein. Sie machten mir eine Flüssigkeit ins Genick. Mich störte es nicht. Mam sagte, dass ich nun nach Marzipan rieche, aber ich war für sie sowieso zum anbeißen süß. Da hat sie wirklich lieb gesagt.

Am nächsten Tag wurde mir ganz komisch. Meine Vorderpfötchen konnte ich nicht mehr koordinieren. Mam und Paps kamen sofort zu mir und nahmen mich hoch. Nach ein paar Minuten war der Spuk vorbei. Ich bin seitdem vorsichtiger gelaufen. Das ist natürlich an einem Sonntag passiert. Meine lieben Menschen waren in heller Aufregung, was ich nun hatte. Am kommenden Montag gingen sie mit mir sofort zum Tierarzt und erklärten ihm, was geschehen war. Ich wurde auch auf einen Schlaganfall untersucht. Ich war wieder fit wie ein Turnschuh. Es konnte nichts gefunden werden. Ein paar Tage später fing es genauso an, nur das ich meine Hinterläufe nicht mehr koordinieren konnte. Sie sackten einfach zusammen. Und dieses Mal ging es eine halbe Stunde so. Ich bekam Angst, nicht mehr laufen zu können. Mam und Paps kümmerten sich liebevoll um mich. Helfen konnten sie mir nicht. Es war wieder an einem Sonntag. Und wieder ging es am kommenden Montag zum Tierarzt. Er konnte wieder nichts finden.

Mam wollte eine große Blutuntersuchung machen lassen. Sie wollte wissen, warum ich solche Anfälle hatte. Der Tierarzt nahm mich mit ins Labor und sie nahmen mir am Hals Blut ab. Ich wollte so schnell wie möglich zu Mam und Paps. Wie freute ich mich, als ich mich in Mams Armen kuscheln konnte. Die Blutuntersuchung ergab auch nichts. Alle Werte waren im grünen Bereich. Nun hatte ich einen riesigen blauen Fleck am Hals vom Blutabnehmen, und er blieb für Wochen.

Seitdem traute ich mich lange nicht mehr auf meine Hundetreppe. Ich wartete unten, bis sie mich hinauf hoben. Ich konnte nicht mehr so laufen, wie früher. Mam recherchierte und sie kam darauf, dass ich es von dem Zeckenmittel hatte. Im Internet las Mam, dass es genau zu diesen Störungen kommen kann. Es könnte soweit gehen, dass ich einen Gehirntumor bekam. Da erschraken wir sehr und im hohen Bogen flog das Zeckenmittel aus dem Haus. Seitdem bekam ich nichts mehr gegen Zecken. Nur 2-3 Mal hatte ich eine Zecke, die Paps mir sofort fachmännisch herausholte. Das war eine helle Aufregung.

Es dauerte einige Wochen, bis ich wieder ganz normal laufen konnte. Mam war auf den Tierarzt sauer, dass er sie nicht daraufhin wies, dass so etwas passieren konnte. Und auch da nicht, wo sie zweimal wegen meiner Ausfälle bei ihm waren. Mam sagte, dass das Zeug sehr teuer war.

Eines Tages kam Paps von der Arbeit nach Hause und berichtetet, dass der Hund eines Kunden – Labrador/Mix – genau an diesem Zeckenmittel starb. Na, so schnell wollte ich nun auch nicht von der Welt abtreten. Der Schock bei Mam war sehr groß. Wo immer Paps es erzählte, was mir passierte, hörte er auch solche Storys. Warum geben uns die Menschen solche Mittel, wo es für uns so gefährlich sein kann. Ich weiß natürlich, dass Mam es in gutem Glauben tat. Sie und Paps würden nie etwas tun, was mir schaden könnte.

Eine Überraschung für mich

Ich konnte meinen Menschen nicht mitteilen, dass ich im Sternzeichen Steinbock geboren bin, also nahmen sie für meinen Geburtstag das Datum, wo sie mich zu sich holten. Das war der 17. April. Das war mir auch recht. Schon ein paar Tage vorher war es so geheimnisvoll im Haus. Türen wurden zugemacht, die immer offen standen. Ich war sehr gespannt. An meinen anderen Geburtstagen war nie etwas Besonderes. Das war ein Tag wie jeder andere. Aber hier lag irgendetwas in der Luft, das spürte ich. Mam backte einen Tag vorher einen Kuchen. Und das mitten in der Woche? Sonst hatte sie zum Wochenende gebacken.

Mein Paps war ein Kuchenliebhaber, wie er im Buche steht. Das merkte ich ganz deutlich zur Weihnachtszeit. Da gab es Plätzchen und einen Kuchen, den die Menschen Stollen nannten. Ach, da fällt mir doch gerade eine Geschichte ein, die im ersten Haus passierte. In Florida gibt es viele Ameisen und die Menschen mussten oft Gift sprühen. Oft kamen Leute mit einem Auto, wo Pestcontrol drauf stand. Dann durften wir Hunde für zwei Stunden nicht auf den Rasen. Mam hatte viele Plätzchen gebacken, sie packte sie in eine Blechdose. Mittlerweile waren es 4 große Blechdosen. Wann immer Paps konnte, machte er sich an den Blechdosen zu schaffen. Darauf achteten sie immer, weil man immer mit unliebsamen Tierchen rechnen musste. Das war eben Florida.

Eines Morgens, Mam war meistens zuerst aufgestanden, hörten wir sie «NEIN» rufen. Diese Tonlage verhieß nichts Gutes. Das musste ich mir ansehen, was da passiert war. Paps war sofort bei ihr. Und dann wurde er so wütend, wie ich ihn noch niemals erlebt hatte. Die Blechdosen mit den Plätzchen standen auf dem Esszimmertisch. Von der Steckdose aus konnten wir eine Linie mit Ameisen verfolgen, die sich den Weg der über den Boden zum Tisch und in die geschlossenen Plätzchendosen bahnten. Mam machte eine Dose auf und da waren gefühlte 100.000 Ameisen drin. Sie labten sich an Paps Plätzchen. Paps schimpfte ohne Ende. Seine geliebten Plätzchen. Klar, die konnten alle weggeworfen werden. Da wäre ich noch nicht einmal ran gegangen. Es waren auch Feuerameisen dabei. Das wusste jedes Kind, das die richtig wehtun konnten. Wer die einmal an der Nase hatte, weiß, wovon ich rede. Schnell zog Paps sich an und ging in den Garten, um den Ameisenzulauf in unser Haus zu unterbinden.

Er suchte, wo sie herkamen. Sie sind außen an der Wand bis zum Dach hochgelaufen, in der Zwischenwand herunter und fanden den Weg durch die Steckdose in unser Haus. Paps lief in die Gartenhütte und holte das Ameisengift, dort sprühte Paps alles aus und auch rund um das Haus. Mam und Paps waren keine Freunde von Gift, alleine schon wegen mir, aber als die Ameisen an Paps seine Plätzchen gingen, kannte er kein Erbarmen. In den subtropischen Gegenden muss mehr Gift gegen Ungeziefer gesprüht werden, sonst hat man das ganze Haus voll damit.

Das Leid von Paps war riesengroß. Mam versprach, ihm neue Plätzchen zu backen. Die wurden dann mit samt der Blechdosen in eine größere Plastikkiste getan. Deckel drauf und ins Gästezimmer gestellt, weil dort der kühlste Raum war. Paps erzählte noch einige Jahre davon.

Aber zurück zu meiner Überraschung. Wie gesagt es war irgendwie Geheimnis voll. Ich musste mit Paps ins Schlafzimmer und die Tür wurde geschlossen. Das war ja voll spannend. Ich blieb an der Tür stehen, um abzuwarten, was sich da im Wohnzimmer tat. Ich konnte es kaum abwarten, was mich da erwarten sollte. Endlich ging die Tür auf und ich traute meinen Augen nicht. Da stand ein Hundesofa.

Ich schaute Mam an und sie sagte, es wäre nur für mich. Die Freude meinerseits war sehr groß. Ich rannte sofort hin, sprang hinein und schlitterte etwas auf den Boden. Mam und Paps mussten lachen. Ich freute mich total.

Ich war so glücklich und stolz.

Und auch noch in meiner Lieblingsfarbe Pink. Mam zeigte mir, dass man Das Sofa aufklappen konnte, dann war es ein Schlafsack. Das war eigentlich für Kinder, aber es hatte genau die richtige Größe für mich. Oh ich liebte dieses Sofa. Es gab kein Hund auf der Welt, der glücklicher war als ich. Natürlich freuten sich Mam und Paps, dass ich mich so freute. Ein Prinzessinnensofa nur für mich alleine. Ich benutzte es sehr oft.

Wir fühlten uns in dem Haus alle sehr wohl. Immer wenn Paps von der Arbeit nach Hause kam, wurde ich erst einmal geknuddelt. Dann trank Paps einen Cappuccino mit Mam und ich wartete geduldig. Nachdem sie fertig waren, dachte ich, nun komme ich an die Reihe. Von wegen, er setzte sich an seinen PC und wollte wohl wieder seine E-Mails checken. Das konnte dauern, also machte ich mich etwas bemerkbar, zuerst ganz leise und sachte, wenn er nicht darauf reagierte, wurde ich etwas lauter. Dann sah er mich an und wusste, nun würde ich keine Ruhe mehr geben. Er gab sich geschlagen und zog sich um. Dann sagte er zu Mam: «Der kleine Diktator und ich gehen Gassi.» Sie lachten dabei. Ich fand, ich hatte lange genug gewartet.

Auch wenn er morgens zur Arbeit ging, kam er zu mir herunter und sagte: «So meine liebe Penny, ich muss nun wieder ins Bergwerk und das viele Geld verdienen, damit wir dein Futter wegschmeißen können, was du nicht fressen magst.» Ich fühlte mich nicht angesprochen, fand die Knuddeleinheiten hingegen immer gut. Schließlich wartete ich den ganzen Tag auf ihn. Mam ging mit mir auch raus, aber Mam war nicht Paps. Und Paps war nicht Mam. Wie ich schon einmal erwähnte, ich teilte mir die Beiden gut auf.

Tigger mein Freund

Einige Zeit nachdem wir umgezogen waren, fiel meine Aufmerksamkeit auf Tigger, zwei Häuser weiter von uns. Tigger war ein schwarzer Pudel, sechs Jahre alt, aber total ängstlich. Das war ein schmucker Rüde muss ich schon sagen. Ich wurde ganz nervös, wenn er an unserer Hausecke auf mich wartete. Ich gab Mam ein Zeichen, dass sie bitte die Tür aufmachen sollte. Ich war aber die, die das Sagen hatte. So musste es sein, ich war die ältere. Ein Nachbar sagte zu Paps eines Tages: «Oh Boy, eure Penny hat aber die Hosen an.» Worauf er sich verlassen konnte.

Das sah schon gekonnt aus, wie Tigger sich mit seinem Halstuch für mich in Schale warf. Ein echter Gentleman, anders hätte ich auch nie Interesse gezeigt. Unhöfliches Benehmen von Tigger wurde von mir mit totaler Missachtung bestraft. Einmal hatte es Tigger wirklich gewagt, und hat in unseren Garten gepinkelt. Da bin ich angewidert zur Haustür gelaufen, Mam wusste dann schon Bescheid, dass sie die Tür aufmachen musste. Gleich hinter der Tür war mein Platz und ich ging sofort dorthin, um zu beobachten, wie er auf mein Strafexempel reagierte. So ging es nun wirklich nicht. Man kann sich doch nicht alles gefallen lassen. Er hatte wohl vergessen, dass ich eine Diva bin. Da pinkelt man nicht vor mir. Da kannte ich keine Gnade.

Ab diesem Zeitpunkt hatte ich nichts mehr dagegen, wenn ich gekämmt wurde. Ich lief danach gleich ins Schlafzimmer vor dem Spiegel, bevor ich zu Tigger raus ging. Auch wir Hunde sind manchmal recht eitel.

Wie es sich gehörte, verstanden sich die Besitzer von Tigger sehr gut mit Mam und Paps. Sie merkten auch schnell, dass Tigger raus wollte, wenn er mich sah. Nur wenn er an mein Po wollte, da verstand ich keinen Spaß. Ich drehte mich blitzschnell um und zeigte ihm, dass ich das nicht mochte, von niemand. Da die Grundstücke keinen Zaun hatten, konnten wir über die Grundstücke flitzen. Kein Nachbar hatte etwas dagegen. Mam sagte, das wäre in Deutschland wohl ganz anders. Wir hatten großen Spaß zusammen. John rechts neben uns lachte immer, wenn er uns sah. Leider ist Tigger mit seinen Besitzern in einem anderen Staat gezogen. Es war eine schöne Zeit mit ihm. Ich war ein bisschen traurig, als das endete.

Geschichten die das Leben schrieb

Eine Frau zwei Häuser neben uns auf der rechten Seite hatte Tibet Terrier, ein ganzes Rudel sogar. Sie hatte sie aber nur, damit sie bei Ausstellungen Pokale gewinnen konnten. Dann wurden sie wieder verkauft. Wann begreifen die Menschen, dass wir unsere Bezugsperson, den Menschen brauchen. Werden wir zu oft herumgestoßen, werden wir krank und sehr traurig. Ich habe es am eigenen Leib erlebt und war bei Mam und Paps mehr als überglücklich. Ich musste auf keine Ausstellungen mehr. Sie ließen mich auch ganz selten alleine. Und dann auch nie lange. Nun ist es in Florida sehr heiß und die armen Hunde mussten in kleinen Käfigen in der Garage leben. Nur eine kleine Auswahl durfte in den Garten. Es war auch ein sehr hoher Zaun, das niemand hinein sehen konnte. Gerne hätte ich mich mit ihnen unterhalten, leider war das nie möglich. Das waren auch solche Hunde, die nur schön sein mussten.

Ich hatte nun ein tolles Zuhause und das wollte ich mir auch von niemand streitig machen lassen. Ich hätte alles gegeben für Mam und Paps. Das bewies ich sehr deutlich, als diese große Mischlingshündin vom Nachbarn links zu uns kam. Und Papa streichelte sie auch noch, da war bei mir aber der Ofen aus. Ich veranstaltete einen wilden Tanz mit lautem Gebell. Auch wenn ich klein war, konnte man mit mir nicht alles machen und Angst hatte ich schon mal vor niemanden. Ich drückte sie damit immer weiter weg von Paps. Vermutlich dachte sie, dass mit dieser Zicke nicht gut Kirschenessen ist. Genauso ist es auch. Die war so tranig, dass ich mit ihr alles machen konnte. Sie sah mich nur an und trottelte dann weg. Das war auch richtig, das sie zusah, das sie Land gewinnt.

Später erzählte mir Paps, dass es auch eine ganz arme Hündin wäre, die nur kurz raus gelassen wird, um ihr

Geschäft zu machen. Ihre Besitzer gingen nie Gassi mit ihr. Das ist ja alles schön und gut, aber Mam und Paps gehören mir. Das sollte auch jeder so verstehen.

Es ist ja bekannt, das es im Sommer in Florida sehr heiß ist. Es ist auch so, dass es uns Hunden nicht ganz so viel ausmachte, wie den Menschen. Es sei denn, wenn sich die Leute einen Husky in Florida halten wollen, habe ich alles schon gesehen. Mein Paps kam auf die aberwitzige Idee und meinte mir etwas Gutes zu tun und kaufte einen «Hundepool.» Das war eine Plastikwanne, was eigentlich für Kinder als Sandkasten genommen wurde. Und diesen «Hundepool» füllte er mit Wasser. Es war nicht hoch, aber ich mag kein Wasser. Ich habe mir das vom Fenster angesehen und nur mit dem Kopf geschüttelt. Er ließ das Wasser eine Weile stehen, bis sich das Wasser erwärmte. Das ging am Tag sehr schnell und dann sollte ich mit raus kommen. Nun wusste er ja, wie ich zum Wasser stehe. Um es mir schmackhaft zu machen, setzte er sich mit hinein. Er wollte mir damit zeigen, dass das Wasser nicht beißt, wie er es nannte. Kleiner Witzbold dachte ich. Dann hob er mich in den Hundepool. Meine Pfötchen standen komplett im Wasser. Furchtbar.

Ich bin gleich zu ihm geklettert und sah ihn tief in die Augen und übermittelte ihn Folgendes: «Höre zu, dein Plan geht nicht auf, ich mag kein Wasser. Bitte lass mich hier wieder raus. Du kannst gerne hier planschen, und ich sehe dir dabei gerne zu, OK?»Das hatte er verstanden und er setzte mich auf mein Handtuch nahe der Hollywoodschaukel. Er kam natürlich auch raus und wir setzten uns dann zusammen auf die Schaukel. Ja das gefiel mir schon viel besser.

Erlebnisse ganz besonderer Art

Das wir Hunde uns mental unterhalten, ist nichts neues. Wir benutzen auch die Körpersprache. Wir meditieren, wo ihr denkt, wir schlafen oder träumen in den Tag. Darum liegen wir auch sehr oft am Tag in unserem Körbchen. Ihr Menschen tut euch oft schwer damit.

Meine Menschen meditieren auch, aber das schon seit vielen Jahren. Das gibt ihnen eine innere Gelassenheit und Ruhe. Wir Hunde spüren, wie ihr Menschen drauf seid. Wir wissen, ob ihr euch gut fühlt oder nicht. Ob ihr traurig seid, oder fröhlich. Tiere benötigen nicht diese ganzen Wörter wie ihr Menschen. Wir haben eine vereinfachte Version der Sprache und verstehen so viel mehr.

Mam las in einer Zeitung, dass man sich beim Universum etwas wünschen kann und sie schauten darüber auch einen TV-Bericht. Nun ist mein Paps ein totaler Realist und er glaubte nicht an alles. Mehr aus Spaß sagte er: «Okay, lass es uns an einem Beispiel versuchen.» In Florida war es im Hochsommer sehr heiß, und es ging kein Wind, wenn man nicht gerade an der Küste wohnt. Wir wohnten im Landesinneren Mam und Paps konnten die große Gassirunde mit mir erst ab 19:00 Uhr gehen, weil es so unerträglich heiß und feucht war.

Auch zu dieser Zeit war es noch sehr heiß, ohne dass sich ein Palmenblatt bewegt hatte. Paps wünschte sich, dass es um 19 Uhr etwas windig war, damit das Laufen angenehmer war. Gespannt warteten sie, was passieren wird. Als wir um 19:00 Uhr aus dem Haus gingen, glaubten Paps und Mam kaum, was sie sahen. Es war ein sehr angenehmer Wind. Der Spaziergang war sehr viel angenehmer als an den Tagen zuvor. Mam hatte immer Wasser für mich dabei, natürlich mit einem Reisewassernapf. Ich war viel lebhafter, weil der Wind sehr gut tat.

Ihr hättet meinen Paps sehen sollen. Er verstand die Welt nicht mehr. Er sagte: «Okay, vielleicht war das auch Zufall, obwohl das schon wirklich abgefahren ist.» Am zweiten Tag war das gleiche Ergebnis. Sehr angenehm mit Wind um 19 Uhr. Nicht 18:30 Uhr, sondern genau um 19 Uhr. Am dritten Tag, dachte sich Paps, da wünsche ich mir nichts, mal sehen, was passiert. Als wir am nächsten Tag raus kamen, war es wieder so drückend heiß und kein Palmenblatt bewegte sich. Paps und Mam waren total sprachlos. Dann musste an der Sache doch etwas wahr sein. Das überzeugte so langsam auch meinem Paps.

In dieser Zeit erzählt Mam eine Geschichte, die ihr zwei Jahre zuvor selber passiert ist. Sie nannte es einen Engel in Menschengestalt: «Ich fuhr mit meinem Auto auf der Autobahn und der Motor fing an zu rauchen. Ich kam nur noch mit Hupen auf die rechte Seite. Ich rief Karl an. Dann hielt ein kleines Auto und ein Mann stieg aus und kam zu mir herüber. Ohne ein Wort zu sagen, gab er mir sein Handy, damit ich Hilfe holen konnte. Ich erzählte ihm, dass ich schon meinem Mann Bescheid gesagt hatte. Er schaute sich den Motor an und sah, dass der Kühler kein Wasser mehr hatte. Er ging zu seinem Auto und holte einen Kanister mit Kühlflüssigkeit. Wer hat so etwas schon im Auto und dann noch in Florida? Er wartete solange, bis mein Mann kam. Wir wollten ihm danken und baten um seine Adresse. Auf jeden Fall wollten wir ihm zumindest die Kühlflüssigkeit bezahlen.

Aber er wollte kein Geld annehmen. Er sagte zu uns «Jesus liebt euch», ging zu seinem Auto und fuhr weg. Wir hatten ein ganz seltsames Gefühl. Für mich war das ein Engel in Menschengestalt. Das war ein sehr merkwürdiges Erlebnis. Ein paar Monate vorher blieb Karl mit seinem Auto liegen und er musste 5 Stunden auf Hilfe warten. Angeblich konnte der Fahrer vom AAA - wie bei uns der ADAC - ihn nicht finden, obwohl Karl nur ein paar Meter nach der Autobahn-Auffahrt stand. Zweimal hielt die Polizei an, ob sie ihm helfen konnten. Der eine Beamte rief noch einmal beim AAA an. Bis sie ihn endlich finden konnten.» Darauf sagte Paps: «Es scheint mehr zwischen Himmel und Erde zu geben, als wir vermuten.»

Deutschland ein fremdes Land

Mam sagte mir, dass wir nach Deutschland zurück gehen. Was ich bisher aus Gesprächen mitbekommen hatte, war für mich nicht sehr positiv. Wenn deutsche Freunde kamen, sprachen sie davon, wie schön hier in Florida alles wäre. Darum verstand ich nicht, weshalb wir dann nach Deutschland gehen werden. Es ließ sich wohl nicht ändern und so beschloss ich, das Beste daraus zu machen. Hauptsache Mam und Paps waren bei mir, alles andere schaffe ich auch noch. Also hatte ich ein großes Abenteuer vor mir.

Dann erklärten sie mir, dass sie mich überall mitnehmen würden, und dass ohne mich in ihrem Leben nichts mehr ginge. Das freute mich total. Zuerst kauften sie mir eine supertolle Reisetasche. Sie stellten sie zu mir auf dem Boden und legten ein mir bekanntes Handtuch hinein. Mam und Paps konnte ich trauen. Ich schaute sie mir an und ging auch hinein um alles genau zu untersuchen. So schlimm war es nicht. Paps setzte mich hinein und machte die Seiten zu, machte aber oben auf, dass ich nur noch oben hinausschauen konnte. Er trug mich durch die Wohnung und ich fand das Klasse. Wo soll denn die Reise hingehen? Das Schaukeln gefiel mir. Es war leider so, dass die Tasche im Flugzeug oben zugemacht werden muss, sagte mir Mam. Das gefiel mir gar nicht. Also dachten sich Mam und Paps, dass wir das trainieren sollten. Hunde dürfen in den Geschäften nicht mit hinein. Egal wo. Sie nahmen mich mit in die Old Time Pottery, das war ein sehr großes Haushaltsgeschäft, wo man auch sehr viel für die Innendekoration für die Häuser finden konnte. Sie stellten die Reisetasche mit mir in den Einkaufswagen.

Ich mag keine engen geschlossenen Räume und die Reisetasche war für mein Empfinden ungewohnt klein. Obwohl ich mich da bequem drehen konnte. Da ich hinaus schauen wollte, bellte ich. Das war Mam und Paps nicht so recht. Mam machte die Reisetasche etwas auf, dass ihre Hand hineinpasste. Sie wollte mich damit beruhigen. An Einkaufen war kaum zu denken. Schade, dass ich es ihnen versaut hatte. Mam machte die Reisetasche auf und wollte sehen, ob sie uns rausschmeißen. Viele Leute sagten, was ich doch für ein süßer Hund sei. Sie hatten ja so recht. Nur am Ausgang wurde zu Paps gesagt, dass es doch verboten sei, Hunde mit ins Geschäft zu nehmen. Mam sah das nicht ein, weil ich weder etwas verschmutzte, noch irgendwo schnuffelte, es gab dort auch keine Lebensmittel. Ich saß ja ganz lieb in meiner Reisetasche – als sie offen war. Ich wollte mir doch nur alles mit ansehen.

Es kam, was ich ganz und gar nicht mochte. Es wurden Kisten gepackt. Da wurde ich gleich sehr unruhig und bekam wieder Panik. Mam merkte schnell, wenn sie mich daran teilhaben lässt, würde es nicht so schlimm sein. Sie setzte mich auf eine Kiste und so übernahm ich die Oberaufsicht. Wenn sie neue leere Kisten aus der Garage holte, setzte sie mich hinein, da die Kisten auf einen Wagen standen, haben wir Taxi fahren gespielt. Das fand ich lustig. So gefahren zu werden, das gefiel mir. Nichts ging ohne mich. Die Plastikkisten stapelten sich und Paps setzte mich immer auf die höchste Kiste. Von dort hatte ich einen guten Ausblick und konnte alles kontrollieren. Beide konnten nicht unbemerkt den Raum verlassen. Mam und Paps waren für Wochen mit dem Packen beschäftigt, weil alles genau aufgeschrieben werden musste. Das verlangt der Zoll bei den Überseekisten. Auch mussten alle Kisten mit einer Folie eingewickelt werden, wegen der salzhaltigen Luft auf See. Wenn die Kisten ins Auto geladen wurden, war ich immer dabei. Ich saß immer auf der obersten Kiste.

Nur das Lager, wo die Kisten eingelagert wurden, bis sie mit dem Container vom LKW abgeholt wurden, machte wir total Angst. Es waren auch solche Rolltore und ich fing an zu zittern. Mam nahm mich sofort auf dem Arm und dann ging es mir gleich besser.

Mam machte sich Gedanken, wie ich den Flug überstehen würde. Ich bin noch nie geflogen und wusste nicht, was auf mich zu kam. Wir mussten auch erst einmal zu der Air Animal Tierklinik, nur sie konnten für mich die Tiertransportpapiere ausstellen. Dann mussten die Papiere von einer amtlichen Stelle in Gainesville, abgestempelt werden. Ohne diese Papiere durfte ich nicht in Deutschland einreisen. Das war für mich dann wie ein Reisepass.

Ich wurde auch von einem Amtstierarzt untersucht um sicher zu stellen, dass ich gesund und reisefähig war. Ich hörte, wie er zu Mam und Paps sagte, dass sie für mich Wasser einfrieren sollten, das würde mir für den Flug reichen. Und sie sollten mir keine Medikamente zur Beruhigung geben. Sie würden den Blutdruck senken und dann könnten Probleme mit meinem Herz auftreten.

Einige Tage später hat Paps Freunde zusammen getrommelt und wir haben uns am Lager wo wir die vielen Kisten und Möbel hingebracht hatten getroffen. Kurz darauf kam auch schon der LKW mit dem Container. Ich war schon wieder ganz aufgeregt, als ich die Rolltore sah und hörte. Mam hat mich sofort auf den Arm genommen und mir erzählt, das nichts Schlimmes passiert. „Wir räumen jetzt alles in den Container und dann müssen wir nie wieder hier her, mein Schatz."

Nach knapp 1 ½ Stunden war alles verstaut und der Fahrer von dem LKW hat den Container verplombt und machte sich auf den Weg nach Miami zum Hafen. Was war ich froh, als wir das Lager wieder verlassen hatten. Obwohl Mam immer bei mir war, hatte ich dort jedes Mal Angst. Die steckte einfach in mir drin, ich konnte gar nichts dagegen tun.

Ein richtiges Zuhause hatten wir ab jetzt auch nicht mehr. Wir zogen in ein Apartment von einem Freund von Paps. Das war voll eingerichtet und sollte bis zur Abreise unser letztes Zuhause in Amerika sein. Im Grunde war es mir egal, wo wir wohnten, solange Mam und Paps bei mir waren.

Eines Tages besuchte uns Mams Bruder mit seiner Freundin und sie brachten einen Huskywelpen mit. Dem musste ich erst einmal beibringen, wer hier im Haus das Sagen hatte. Manieren hatte er scheinbar auch keine. Überall musste er rumschnüffeln und wollte ständig an meinen Po. Ich hasse das, wenn mir jemand an den Po möchte. Ständig gab ich ihm zu verstehen, dass er das lassen soll. Er aber dachte, es wäre ein Spiel und versuchte mir mit den Pfoten auf den Rücken zu springen. Mams Bruder fand das lustig aber Mam rettete mich vor dem ungehobelten Kerl und nahm mich auf den Arm. Gut, das sie nach ein paar Stunden wieder des Weges zogen und ich meine Ruhe hatte.

Dann kam der entscheidende Tag. Paps holte am Tag zuvor den Leihwagen, mit dem wir nach Fort Lauderdale zum Flughafen fahren wollten. Am Morgen verstauten Mam und Paps unser Gepäck und wir traten unsere Reise an. Die Fahrt war ziemlich langweilig und ich machte es mir zwischen den beiden bequem und schlummerte die meiste Zeit. An unserem Ziel wurde es dann wieder interessant. An einem Flughafen war ich noch nie und ich war sehr aufgeregt, was ich wieder Tolles mit Mam und Paps erleben würde. Nachdem Paps das Auto abgegeben hatte, spielten wir wieder Taxi. Ich liebte dieses Spiel. All unser Gepäck war auf dem Kofferkuli und ich in meiner Reisetasche ganz oben, wo ich hinausschauen konnte.

Das war toll, im Flughafen waren viele Leute, die kreuz und quer herumliefen und sehr beschäftigt aussahen. Nach vielen Gängen erreichten wir den Schalter, wo wir uns anstellen mussten. Stück für stück ging es voran und am Schalter gab Paps fast all unser Gepäck einer Frau in einer schicken Uniform.

Nun hatten wir nur noch ganz wenig von unseren Sachen. Ich durfte aber immer noch ganz oben aus meiner Reisetasche schauen und wurde durch die großen Hallen gefahren. Nach einer Weile steuerte Paps in eine Halle, wo nicht mehr viele Leute waren und dort machten wir es uns bequem, bis unser Flug an der Reihe war. Gut, das Paps mit mir dort noch einmal raus ist. Dort war eine Wiese und ich konnte mein Geschäftchen machen. Ich war ja so aufgeregt von den vielen neuen Eindrücken.

Wir flogen mit der Condor und wir hatten ein sehr nettes Flugpersonal. Als wir in das Flugzeug einstiegen, hatte Paps meine Reisetasche aufgelassen, so konnte ich hinausschauen, was ich auch tat. Paps sagte mir vorher, dass er die Reisetasche erst zumachen wird, wenn wir dazu aufgefordert werden. Dann sollte ich so lieb sein und das akzeptieren.

Erfreut sagte die Stewardess, als sie mich sah: «Wir haben schon gehört, dass eine kleine Malteser Dame mitfliegt. Da bist du ja Penny.» Normalerweise müssen Hunde in der geschlossenen Box oder Reisetasche unter dem Sitz. Das wollte Paps erst nach Aufforderung tun. Mam und Paps saßen im Mittelgang und Paps stellte mich in die Mitte von Mam und sich. Ich war auch mucksmäuschenstill. Da sich kein Fluggast von mir gestört fühlte, konnte ich den ganzen Flug so liegen bleiben. Ich dachte, ich lege mich mal hin und halte ein kleines Nickerchen, bis es endlich losging. Das war noch vor dem Start, das ich eingeschlafen bin. Ich war auch sehr müde, es war alles sehr neu und aufregend für mich.

Andere Passagiere fragten Mam und Paps, ob ich ein Narkosemittel bekommen hätte. Sie konnten das gar nicht verstehen, dass ich so lange geschlafen hatte . Eine Frau neben Mum fragte öfters, was ich mache. Sie konnte nur immer sagen, dass ich schlafe. Nur einmal bin ich kurz wach geworden, da habe ich hochgeschaut, und als ich Mam und Paps sah, habe ich mich wieder hingelegt. Ich musste auch nicht einmal Pipi machen, obwohl ich Einlagen in der Reisetasche hatte. Die hatte ich zur Seite getreten, ich brauche das nicht, ich war doch kein Baby. Ich bin erst wach geworden, als wir schon längst gelandet sind und warteten, bis wir aussteigen konnten.

Wir wohnten zuerst bei Otto und Moni. Was habe ich mich gefreut, als ich dort mein geliebtes Sofa gesehen habe. Das müssen Mam und Paps vorgeschickt haben. Ich bin sofort da rauf gegangen. Mam und Paps freuten sich sehr, als sie meine glücklichen Augen sahen.

Unser neues Zuhause

Das Einleben in dem fremden Land ging ganz gut. Mich hat nur die sehr kleine Wohnung erschreckt. Das war ich nicht gewohnt. Aber solange wie Mam und Paps bei mir waren, da war für mich alles gut. Anfang August sind wir in unsere eigene kleine Wohnung gezogen. Bei Mam und Paps ging das mit dem Einrichten der Wohnung recht schnell. Sie wollten es schnell gemütlich haben. Es war für uns alle eine Umstellung.

Ende August kam Besuch mit vielen Hunden. Oh je, dachte ich, das brauche ich nun wirklich nicht. Ein kleiner Welpe wurde Mam in den Arm gelegt. Was hatte das zu bedeuten? Das gefiel mir nicht. Und dann kam die Frau mit einer großen Kiste. Ich fing sofort an zu zittern. Die Ängste kamen wieder. Paps erkannte die Gefahr für mich und nahm die Kiste schnell aus dem Haus. Es waren Spielsachen in der Kiste und Paps legte sie raus. Ich

habe mir alles sehr argwöhnisch angesehen. Die anderen Hunde hatten
ja gar kein Benehmen. Sprangen hier
herum und da herum. Ich war sehr
froh, als die Zeit kam, dass der Besuch wieder ging. Aber sie hatten einen Welpen vergessen. Ich sah Paps
an: «Du die haben eine vergessen
mitzunehmen.» Paps kam zu mir und
erklärte, das wäre die Tinka und sie
bleibt bei uns. Wir dachten, es würde
dich freuen, wenn du nicht alleine
bleiben musst, wenn wir mal zum Arzt
oder einkaufen müssen.» Da dachte
er aber ganz verkehrt. Ich brauchte
niemand, außer meine Menschen.

Man Leute, was ich in meinem Alter
noch alles akzeptieren musste. Der
Umzug in ein neues fremdes Land. Na
ja das Wichtigste für mich war, dass
Mam und Paps immer bei mir waren.
Dann liebte ich das Sonnenbaden und
den schönen großen Garten. Hier in
Deutschland war alles so eng und
klein. Und das Sonnenbaden fiel auch
erst einmal flach. Es war kalt und ungemütlich. Nach kurzer Zeit kam wei-

ßes Zeug vom Himmel, was die Menschen Schnee nannten. Er deckte mir den ganzen grünen Rasen zu. Das weiße Zeug war auch noch kalt und es klebte an meinen Pfötchen, manchmal waren es richtig große Klumpen, die in meinen Haaren hingen. Das machte mir das Laufen schwer. Ich war ganz verzweifelt und ich schaute meine Menschen an, wo ich denn nun mein Geschäft machen sollte. Zuhause wurden ich erst einmal in warmes Wasser gestellt, damit die Schneeklumpen abgingen. Nach dem Föhnen suchte ich mir ein warmes Plätzchen auf dem Sofa. Mam und Paps waren in dieser Zeit sehr lieb zu mir, aber mir fehlte hier doch einiges.

Tinka brachte viel Unruhe in mein Leben. Dieser kleine Störenfried konnte einfach keine Ruhe geben. So sehr ich sie auch ignorierte. Sie kam ständig an, legte sich auch noch in mein Körbchen, obwohl sie ihr eigenes hatte. Ich hatte meine Babys und wollte nicht schon wieder damit anfangen. Als sie für Wochen nicht aufhörte zu nerven, habe ich halt doch nachgegeben. Vielleicht bekam ich so mehr Ruhe. Ich muss schon sagen, es gab Dinge, die sie tat, die mir imponierten. Nur ließ ich mir nichts anmerken. Ich war später so gnädig und bot ihr meine Freundschaft an. Damit hatte ich mir allerdings viel Arbeit aufgehalst. Die Kleine musste noch geschliffen werden.

Wie ich es befürchtet hatte, meine Ruhe war dahin mit diesem Wirbelwind. Ich tat mein Bestes und versuchte ihr Manieren beizubringen. Ständig musste sie dagegen sein, dieses kleine aufmüpfige Etwas. So langsam hatte ich die Zügel etwas kürzer genommen, das klappte ganz gut. Manchmal musste ich schon über Tinkas Ideen schmunzeln. Alles lies sich die kleine Grotte nicht sagen, da musste ich manchmal deutlicher werden. Mit der Zeit sind wir gute Freunde geworden.

Ach was ging sie mir auf die Nerven als sie zum ersten Mal läufig wurde.

Diese ständigen Fragen. Was passiert mit mir? War das bei dir auch so? Ja erklärte ich ihr, das ist bei allen Hündinnen so. Sie konnte nicht so gut damit umgehen. Ich glaube sie hat auch Mam und Paps ein bisschen genervt, obwohl sie mit ihr viel Geduld hatten. Irgendwann hatte sie es wohl verstanden.

Wir mussten dann noch zweimal umziehen, bis Paps und Mam eine schöne Wohnung fanden, die ich auch gleich akzeptieren konnte. Und wir hatten für uns einen kleinen eigenen Garten. Das gefiel mir sehr gut. In der zweiten Wohnung wurde ich sehr krank. Ich konnte kaum noch laufen. Mam deckte mich zu und da war Tinka auch sehr lieb zu mir. Sie legte sich fast auf mich, um mich noch mehr zu wärmen. Ein gutes Herz hatte sie schon immer, nur war sie ein richtiger Wirbelwind. In dieser Zeit war sie in meiner Gegenwart recht ruhig. Das tat mir auch gut. Ich hatte starke Schmerzen und brauchte lange ein Schmerzmittel. Der Tierarzt sagte, ich hätte Kreuzlähme, die sehr schmerzhaft wäre. In der Zeit sind wir öfters zum Tierarzt gefahren. Mam stellte ein rotes Licht an, das tat mir sehr gut und ich lag dann auch ganz still. Das rote Licht machte meinen Rücken schön warm. Diese Krankheit ging über mehrere Monate, für mich viel zu lange. Zeitweise konnte ich nur liegen. Zum Gassigehen musste Paps mich tragen. Es war eine schlimme Zeit. Ich war auch sehr unruhig und habe meine Menschen nachts wach gehalten. Sie haben lange nicht verstanden, was ich wollte.

Mam war in der Zeit so verzweifelt, weil sie nicht wusste, warum ich sie nachts wach hielt, dass sie zu einer Tierkommunikations-Tante ging. Angeblich hätte ich ihr gesagt, dass ich einen roten Ball wollte. So ein Blödsinn, ich habe noch nie etwas mit einem Ball anfangen können. Auch wollte ich angeblich eine orangefarbene Decke haben. Die Farbe war mir schon immer egal. Und Angst vor einem Glasschrank hatte ich auch nie.

Mam und Paps besaßen so einen Schrank nicht. Und ich soll gesagt haben, dass ich Sorge hatte, weil Paps seine Medikamente nicht nahm. Die Wahrheit war, dass Paps gar keine Medikamente nehmen musste. Da wäre Mam schon hinterher gewesen. Und ich sollte angeblich Probleme mit der Lunge gehabt haben. Mam und Paps gingen gleich mit mir zum Tierarzt. Er konnte nichts feststellen. Sag ich doch, ich hatte mit der Lunge keine Probleme. Ich hatte altersbedingt Probleme mit dem Herzen und bekam dafür auch Tabletten. Also, das Geld für diese Tierkommunikations-Tante hätte Mam sich auch sparen können.

Sie hätten mich das besser selbst gefragt, denn Mam und Paps verstanden schon eine ganze Menge von der Tierkommunikation, nur trauten sie sich das noch nicht zu. Mam las aber Bücher darüber. Ich sage euch ihr Menschen, das könnt ihr alles ganz alleine, wenn ihr es nur wirklich wollt. Dann können wir uns mental unterhalten. Ich weiß auch, dass Mam

Angst hatte, dass ich an der Krankheit sterben könnte. Na ja, das gebe ich zu, viel hätte dazu nicht gefehlt. Aber ich habe mich wieder aufgerappelt. Meine Zeit war noch nicht gekommen. Paps hat mich eines nachts unter seiner Decke genommen und gekuschelt. Ja das war es, was ich brauchte. Seitdem brauchte ich sie nicht mehr nachts zu stören. Mir war es manchmal einfach zu kalt am Rücken. Tinka war schon immer eine Schlafmütze, sie wollte morgens einfach nicht aufstehen. Und Morgens Gassi gehen, war auch nicht ihr Ding.

Als es mir endlich wieder besser ging, wurden meine Lebensgeister wach gerufen. Ich wollte mit Tinka spielen, was wir auch gemacht hatten. Ich spielte sehr exessiv, das Paps mich bremste. Er hatte angst, dass es mir wieder schlechter ging. Wir Hunde wissen am besten, was gut für uns ist.

Selbst unseren Wirbelwind Tinka wurde das fast zu viel. Sie konnte es nicht glauben und schaute oft Mam an, ob sie auch mit mir spielen durfte. Sie wollte wohl mit mir spielen, als ich noch sehr krank war und da sagte Mam zu ihr, dass es nicht ginge. Das habe ich aber nicht mitbekommen. Leider kamen abends die Schmerzen wieder, sodass ich wieder Schmerzmittel brauchte. Ich nahm aber wieder aktiv am Familienleben teil. Und darüber waren sie sehr froh.

Der ewige Streit mit Tinka war, wenn Paps von der Arbeit kam. Ich hatte ganz klar die älteren Rechte und die ließ ich mir auch nicht nehmen. Also ging es manchmal schon sehr laut her. Ich musste Tinka beibringen, dass sie sich hinten anzustellen hatte, um Paps zu begrüßen.

Wir verlebten eine wirklich schöne Zeit mit unseren Menschen im Garten und in der Wohnung. Alle waren zufrieden. Paps machte uns den Garten richtig schön. Ich feierte meinen Geburtstag in der neuen Wohnung. Als ich das kuscheliges Bettchen mit einer großen Schleife bekam, war ich total glücklich und kuschelte mich in die Schleife. Das wurde zu meinem Lieblingsbettchen neben dem Hundesofa.

Als Tinka im Juni Geburtstag hatte, wurde im Garten ein neues Spiel für uns ausgedacht. Paps baute uns im Garten einen Parkour, wo wir durchlaufen sollten. Das hat auch mir Spaß gemacht. Ich bin sogar durch den Reifen gesprungen, das hat mir bestimmt niemand zugetraut. Man sollte sich nicht wundern, was wir ältere Hunde noch so können. Uns wird ja ab einem bestimmten Alter vieles abgesprochen. Wir können mehr als die Menschen glauben und gehörten noch lange nicht zum alten Eisen.

Den Sommer habe ich sehr genossen, wir waren oft im Garten und ich konnte wieder so richtig schön mein geliebtes Sonnenbad nehmen. Die Wärme tat mir gut. Tinka passte am Tor auf, und sobald sie anschlug, war ich sofort zur Stelle. Dann vertrieben wir beide die Unholde, die sich hier vorbei schlichen. Besonders die Pferde hatten wir im Blick. Mam und Paps hielten uns dann zurück, aber geholfen hatte es ihnen nicht. Wir hatten eben unser eigenes Köpfchen.

Regenbogenbrücke

Es fiel mir immer schwerer mich kämmen zu lassen. Das wurde sehr unangenehm, obwohl Mam und auch Paps sehr vorsichtig waren. Am liebsten wäre ich durch die Wand gegangen, es war nur keine Öffnung da. Dann hat Paps mir die Haare etwas kürzer geschnitten. Ja das gefiel mir, ich sah immer noch sehr bezaubernd aus.

Mir ging es immer schlechter und ich wusste nicht, was los war. Mein Bauch wurde immer dicker, obwohl ich nicht mehr aß, als früher. Mam merkte es zuerst, das es beschwerlicher war, mich und Tinka die Treppe hinunter zu tragen. Wenn sie mich gewogen hatten, war es nicht mehr geworden. Ich hielt mein Gewicht. Mam ist da wie ein Fuchs, sie passt genau auf. Ihr konnte man nicht leicht etwas verheimlichen. So merkte sie auch, dass ich kaum noch Kot absetzen konnte. Nun war es auch so, dass ich das Wasser nicht mehr halten konnte. Das war mir sehr unangenehm. Ohne zu murren, machten Mam und Paps alles sauber. Ich musste in der Zeit auch mehrmals zum Tierarzt. Er dachte erst an Blähungen, aber da kannte sich Mam gut aus.

Ich sollte dann eine Woche Öl ins Futter bekommen, dann wäre es in einer Woche weg, meinte der Tierarzt. Nach der einen Woche wurde es nicht besser, eher schlechter. Ich hatte nun auch erhebliche Schmerzen. Paps gab mir wieder mein Schmerzmittel. Ich fing nun öfters an, zu zittern. Wir Hunde sind naturgemäß gute Schauspieler. Wenn wir merken, unsere Menschen schauen uns an, setzen wir das schönste Lächeln auf, zu das wir fähig sind. Nur damit wir unsere Schmerzen nicht zeigen. Meinen Menschen konnte ich nicht so leicht etwas vormachen. Irgendwie hatten sie mich durchschaut. Ich fing auch immer öfters an, mit Tinka zu zicken. Sobald sie in meine Nähe kam, knurrte ich sie an. Sie sollte mir vom Leibe bleiben.

Ich wollte die Zeit, die mir noch blieb mit Mam und Paps verbringen. Das verstand Tinka natürlich nicht, also gab es immer mal wieder Streit mit ihr. Vier Tage vor meinen Weggang stellte ich zu Mam über die Augen eine Verbindung her. Ich schaute sie sehr intensiv an und erklärte ihr, sie soll auf meinen Paps aufpassen. Er wird es sehr schwer nehmen, wenn ich gehe. Sie versprach mir, es zu tun. Dann hörte ich Mam zu Paps sagen: «Glaubst du, dass wir Penny noch lange haben werden?» Paps antwortete: «Na klar, wir haben sie noch ein paar Jahre.» Genauso hatte ich es mir gedacht. Die Befürchtungen von Mam wischte er immer weg. Davon wollte er nichts wissen. Es half aber nichts, er musste da durch. Ich selber konnte es auch nicht ändern. Meine Zeit zu gehen, war gekommen.

Dann erschlugen sich die Ereignisse um mich. Ich schlief immer länger und mein Bauch wurde immer dicker. Dann musste ich zum Tierarzt er wollte Röntgenbilder von meinem Bauch machen, der nun beachtlich an Umfang zugenommen hatte. Ich konnte auch nicht mehr ganz normal laufen. Tinka kicherte deshalb, ich schrieb es ihrer Jugend zu. Sie konnte ja nicht ahnen, wie ernst es um mich stand. Ich war ganz ruhig beim Röntgen, ich wusste ja, dass ich es bald überstanden hatte. Als Paps mit mir vom Tierarzt kam, hatte er die Röntgenbilder von mir dabei und er zeigte sie Mam. Beide fingen an zu weinen. Ich hatte einen sehr großen Tumor im Bauch. Alles deutete auf einen Milztumor hin. Der Darm war an die Wirbelsäule gepresst, darum konnte ich nicht mehr Kackern. Das Essen schmeckte mir aber immer noch. Mam fragte, wo ich das hin esse. Na ja, der Bauch war ja immer dicker geworden, da fand ich noch etwas Platz.

Tinka schaute jetzt auch sehr besorgt aus. Paps erzählte Mam, was der Tierarzt so erzählte. Dass ich in eine Tierklinik sollte, um abklären zu lassen, was für ein Tumor es nun wirklich sei und man müsse mich evtl.

operieren. Paps fragte, den Tierarzt, was ich noch für Chancen hatte, die OP zu überleben. Er sagte: «Nur eine ganz geringe Chance, wegen Pennys Herzen. Es wurde schon ein Termin mit der Tierklinik gemacht und dann hörte ich wie Paps zu Mam sagte: «Was meinst du, wollen wir Penny diese Strapaze noch zumuten, oder wollen wir sie nicht besser erlösen? Lieber soll sie in meinen Armen sterben, als auf einem kalten OP-Tisch. Ich war meinem Paps so dankbar dafür. Ich wusste, wie schwer ihm das fiel zu sagen. Mam stimmte ihm unter Tränen zu. Sie sagte: «Wir lieben unsere Penny zu sehr, als das wir sie noch mehr quälen wollen.»

Dann wurde der Termin bei der Tierklinik abgesagt und noch einmal mit dem Tierarzt gesprochen. Paps sollte am nächsten Tag um 19 Uhr zu ihm kommen. Das war der 04.12.2013 Sankt Barbaratag.

Mam kochte mir am nächsten Tag noch einmal mein Lieblingsessen, gekochtes Rindfleisch. Das war das erste Mal, dass Tinka sich nicht vorgedrängelt hat. Ich ließ es mir noch einmal so richtig schmecken. Ich hatte große Schmerzen und ich bekam mein Schmerzmittel. Paps hat an diesem Tag Urlaub genommen, er wollte die letze Zeit mit mir verbringen. Nur war ich sehr sehr Müde. In der letzten Zeit wollte ich auch nicht mehr so viel gekrault werden. Nähe ja, aber nicht zu viel. Ich musste sie daran gewöhnen, dass ich bald gehe.

Um 18:30 Uhr fuhr Paps mit mir zum Tierarzt. Mam ist bei Tinka geblieben, das war auch gut so, sie sollte jetzt nicht alleine gelassen werden. Mam verabschiedete sich von mir und weinte sehr. Ich wollte ihr noch Mut zusprechen, aber sie hörte mich nicht, so tief war ihre Trauer. Vor der Tierarztpraxis sagte Paps mir, dass sich unsere Wege trennen müssen. «Ich weiß», sagte ich, und ich war auch ganz ruhig.

Wir hatten einen sehr guten Tierarzt, er war sehr einfühlsam. Als ich die Narkosespritze bekam, wollte ich mich ganz an Paps einkuscheln, wie früher in Florida in seine Jacke, er ließ mich auch gewähren, so hatte ich ein gutes Gefühl, als ich langsam Müde wurde und einschlief. Wie bei den Menschen, so ist es auch bei uns Tieren, dass wir 6 Stunden nach dem Tod noch alles hören können.

Ich merkte, wie der Tierarzt mich noch einmal gründlich abtastete und dann sagte er: «Sie haben Penny einen guten Dienst erwiesen. Der Tumor hat alle Organe hochgedrückt. Als Nächstes wäre das Herz und die Lunge dran gewesen und dann wäre sie qualvoll erstickt. Der Tierarzt verließ den Raum, um Paps und mich alleine zu lassen. Paps hielt mich noch immer in den Armen. Das tat mir so gut und ich bin ihn auf ewig dankbar.

Er bezahlte und ging dann mit mir ins Auto. Da brach er zusammen und weinte bitterlich. Ich konnte ihn jetzt nicht mehr trösten. Danach rief er Mam an, dass ich um 19:15 Uhr über die Regenbogenbrücke ging.

Zuhause bahrte er mich in meinem Lieblingssofa auf, damit Tinka Abschied nehmen konnte. Tinka war wie von Sinnen, als sie merkte, ich stehe nicht mehr auf. Ich wusste aber, sie hat Mam und Paps und Mam und Paps hatten Tinka. Ich war mir sicher, sie werden sich gegenseitig darüber hinweg trösten. Am 05.12.2013 war meine Beerdigung. Ich bekam einen schönen Platz im Garten. Sie sollten nicht so traurig sein, in der Erde lag doch nur mein Mantel, den ich auf Erden hatte.

Am 11. Januar 2014 war mein Paps soweit gefestigt, dass er über die Meditation mit mir Kontakt aufnehmen konnte. Ich konnte ihn einige Fragen beantworten:

«Wie alt wärst, du dieses Jahr geworden?»

«19 Jahre.»

«War das Okay, das wir dich erlöst haben?»

«Ja ich bin froh, dass ihr mich in Frieden gehen gelassen habt.»

«Wirst du wieder kommen?»

«Ich bin bei euch.»

«Warum musstest du schon gehen, wir hätten dich gerne noch länger bei uns gehabt.»

«Es war Zeit für mich zu gehen.»

«War Penny dein richtiger Name?»

«Penny of White Roses.»

«Hattest du große Schmerzen?»

«Die Schmerzen waren es wert, um eure Liebe zu spüren.»

«Es ist für uns sehr schmerzhaft und es tut weh.»

«Der Schmerz ist ein Zeichen von Liebe.»

«Ist es Okay, dass wir dich hier im Garten begraben haben?»

«Das ist doch nur ein Mantel, den ich abgelegt habe.»

Damit endete die Konversation.

Würden mehr Menschen die Tierkommunikation anwenden, würde es uns Tieren viel besser gehen. Wir könnten uns dann besser mitteilen, was uns bewegt. Das sind keine Hirngespinste, wie manche sich vielleicht denken, das ist die reale Welt.

Danke

Mein besonderer Dank geht an meinen Mann Karl für seine Liebe und Unterstützung. Ohne ihn würde es dieses Buch nicht geben und meine anderen Projekte auch nicht.

Bedanken möchte ich mich an Penny im Regenbogenland und Tinka bei uns. Sie gaben mir die Inspiration zu diesen beiden Büchern über sie. Sie waren es Wert geschrieben zu werden.

Ich möchte mich bei allen Mitarbeitern des Verlages tredition GmbH für die volle Unterstützung bedanken. So konnte dieses Buch schnell den Weg zu den Lesern finden.

Buchtipps

Tinka, der kleine Kobold ist eine Malteserhündin. Sie selbst erzählt aus ihrem Leben. Sie kommt mit 12 Wochen in ihr neues Zuhause. Frauchen und Herrchen hat sie sofort im Sturm erobert. Nicht so die dort lebende Malteserhündin Penny. Sie sieht Tinka als Eindringling in die Dreierbeziehung. Tinka lässt nichts unversucht, um das Herz von Penny zu gewinnen. Nach vielen Hürden und langen Wochen ist es endlich soweit. Sie wurden Freunde, die gemeinsam durch dick und dünn gingen.

ISBN 978-3-8495-9325-4 (Hardcover)

ISBN 978-3-8495-9324-7 (Paperback)

ISBN 978-3-8495-9326-1 (e-Book)

https://tredition.de/

Gaby und Karl die Protagonisten von Karl Bergbauers Buch "Mein amerikanischer albTraum" geben ihre gut bezahlten Jobs in Deutschland auf, um im Sommer1999 in den USA einen Neustart zu wagen. Im Land der scheinbar unbegrenzten Möglichkeiten. Sie konnten nicht ahnen, dass sich mit dem 11.09.2001 vieles ändern sollte, sowohl für die Amerikaner als auch für die Immigranten. Was Bürokratie auf Amerikanisch heißt. Und doch kamen der Spaß und die Abenteuerlust nie zu kurz. Sie lernten den Umgang mit wilden und auch gefährlichen Tieren kennen. Wie auch Disneyworld zur Belastungsprobe werden kann. Der Leser kann sich auf ein breit gefächertes Erlebnis freuen.

ISBN 978-3-7323-2284-8 (Hardcover)

ISBN 978-3-7323-2283-1 (Paperback)

ISBN 978-3-7323-2285-5 (e-Book)

https://tredition.de

FSC
www.fsc.org

MIX

Papier | Fördert
gute Waldnutzung

FSC® C083411

Zeitfracht Medien GmbH
Ferdinand-Jühlke-Straße 7
99095 Erfurt, Deutschland
produktsicherheit@kolibri360.de